05
菜鳥鍊金術師開店營業中
Management of Novice Alchemist The Arrival of Winter and Guests
入冬與貴客臨門
いつきみずほ
Presented by itsuki mizuho
ふーみ
Illustration by fuumi
Kadokawa Fantastic Novels

插畫／ふーみ

Contents

Management of
Novice Alchemist The Arrival of Winter and Guests

第五章

入冬與貴客臨門

05

Management of
Novice Alchemist The Arrival of Winter and Guests

Prologue

序幕

約克村在已經連續下了好幾天的雪中陷入一陣寂靜。
太陽出來之後仍然沒多少人在路上走，使得我從二樓窗戶看出去的景象相當寂寥，卻也隱約有種特別的美感。這幅景色讓我覺得像這樣悠悠哉哉地欣賞美景也還不賴。
——意思就是非常風雅。
不過，做生意的人根本不需要這種風雅，只想把它丟得遠遠的。
冬天的生意少到門可羅雀，我有點被逼急了。
「所以，我們該想辦法賺錢了。」
這幾天，我們四個人天天都會聚在一起開茶會。
我在茶會途中用沉重的語氣宣告很需要錢，艾莉絲小姐也不斷點點頭，說：
「喔喔，店長閣下終於願意面對現實了啊。我懂，我懂妳的心情。我一開始也會刻意不去想自己欠了多少錢。」
「也不是願意面對現實，是不得不面對現實了……雖然我本來就料到採集家應該會減少外出工作，可是減少的幅度比我預料的還要誇張。」
「這幾天沒出去採集的我們可能沒資格說別人，不過真的有很多採集家一到了冬天就會選擇休息。」

「相對的，願意出去採集的人就能賺到很多錢。」

冬天要進去大樹海採集，得想辦法克服許多困難。

除了氣溫、下雪跟只有冬天會出現的魔物等會直接造成採集家威脅的障礙以外，原本就很容易迷路的森林還會在冰天雪地之下變得截然不同，更加棘手。

不過，有些採集物只有這個季節才採得到，願意出門工作就能賺上不少錢，如果自身擁有特別擅長應對冬天環境的技術，還能再賺上更多——只是面對的危險也更大。

「珊樂莎小姐，現在真的缺錢缺到要想辦法賺錢了嗎？」

「嗯～是沒有缺到快倒店……算是鍊金術方面開始停滯了吧。」

見蘿蕾雅垂著眉角，看起來有點不安，我有些含糊其辭。

我並不是因為欠了太多債導致做事綁手綁腳的。是因為前陣子救艾莉絲小姐跟凱特小姐脫困的時候，我幾乎用掉了手邊的所有現金跟材料。

我現在只剩下用途很少，也不知道該賣給誰的一大堆鍊器跟鍊藥。

幸好待在村子裡的採集家，很多都滯留在我出錢幫旅店蓋的新館裡，而且狄拉露女士也沒有拖延還款時間。可是她還我的錢就算以平民的收入來說偏高，也不至於買得起很多鍊金術要用到的材料。

尤其《鍊金術大全》第五集跟第六集要用的材料價格比較高。

「還有稅金的問題。等春天到了，就要考慮該怎麼籌錢了……」

國家會給予鍊金術師很多優待，相對的，稅金方面就會要求得很嚴格。

我們必須把一整年下來的收支整理成文件，交給國家，還要順便繳稅。

像我的店是在春天開張，就要在冬天過後整理出一份資料，計算自己該繳多少稅，也需要有足夠現金支付稅金。

「那樣不會對這間店的經營有影響嗎？」

「嗯。反正我這間店的經營成本就只有給妳的薪水跟餐費而已。」

我當初直接買下這間店面兼住宅的房子，不需要付租金，員工也只有蘿蕾雅一個人。她的薪水以村子裡的薪資水準來說偏高，卻遠遠比不上鍊金術要用到的錢。

「繳稅的時間最久可以拖上一年……只是我想盡可能早點繳清。拖太久才繳，給國家的觀感會不太好，所以我想至少在夏天之前搞定所有跟繳稅有關的事情。」

「那我們是不是吃得節儉一點比較好？我也不介意妳降低我的薪水——」

「等等，蘿蕾雅，妳不用在乎這個。老實說，餐費根本就沒有差，而且就算我有十個員工，還全部跟妳領一樣的薪水，也完全不會影響到我繳稅。」

蘿蕾雅才剛講完，我就立刻否決她想主動降低待遇的提議。

她廚藝那麼好，要是因為要節儉變得不好吃，就太可惜了。

尤其也是因為有她在，我才可以用便宜價格買到直接從農家送來的食物跟農產品。四個人一個月的糧食只會花掉跟一兩罐便宜鍊藥差不多的價錢。

不用付租金的兩個房客還會偶爾獵動物的肉回來，等於不用花錢買肉。

這些餐費再加上蘿蕾雅的薪水，真的花不了我多少錢。

所以在吃的方面跟薪水上節省只是杯水車薪。還是好吃的飯比較重要。

「我乾脆暫時先擱置鍊金術的進度，自己去採集算了……？」

我晃著手上的茶杯，嘆了口氣。

這三天的來客數是嚇死人的「零」。

店門口都可以抓到好幾窩小鳥了。

反正沒客人會來，偶爾自己去採集也不失為一個辦法。

——總覺得我好像每個月都會自己出門採集一次。

「店長小姐，如果有什麼我們可以幫上忙的事情，就儘管說吧。畢竟店長小姐是因為要救我們，才會缺錢。」

「嗯。我們可以幫妳帶我們有能力採集的東西回來，要是店長閣下出門採集需要人陪同，我們也願意跟著妳到天涯海角。」

「謝謝妳們。唔～那我就認真考慮親自出門採集的事吧。雪應該也快停了，說不定明天就可以出發了。」

反正在店裡消磨時間等不會上門的客人來光顧，也只是在虛度光陰。

我真的要磨會比較想磨碎魔晶石，然而我的碎魔晶石也已經剩沒多少存貨。

「店長閣下，我們不太清楚這個季節能採到什麼，妳方便幫我們說明嗎？」

「也對，先等我一下。」

我暫時離席，到工坊拿了《鍊金材料事典》回來，攤開來放在桌上。

「這附近採得到、採集難度不高，但是很有價值的東西。如果還要是我想用的材料，就只剩沒幾種了……」

我開始翻閱事典，找出幾種採集物給艾莉絲小姐她們看。

狩獵冬天的魔物一不小心就會出事，所以我基本上都是找植物類的。雖然狩獵有能力制伏的魔物也不錯，可是有價值的魔物不只很難遇到，也很難找到。

不過，植物類的只要有毅力跟骨氣在寒冷天氣當中採集，就採得到了。

——只是偶爾還是會有人在山裡遇難身亡。不可以小看冬天的山區。

「妳說剩沒幾種，但其實還滿多可以選的嘛。我們是不是應該去採比較貴的東西？」

「可是我們不習慣在積雪的環境裡採集，就算店長小姐會陪同，也應該先從簡單的採集物開始採吧？」

「冬季時間很長，先從簡單的開始或許比較好。畢竟我也只有幾次實習課有冬天採集的經驗。這樣會比較適合採——」

匡啷、匡啷。

我們在談到一半時聽見這道好一陣子沒傳出的聲響，一同抬起頭來。

「……是客人嗎？」

「喔喔，原來這個村子裡有比我們更勤勞的採集家啊。」

「之前大家靠冰牙蝙蝠牙齒賺了不少錢，沒花費太多的話，應該不需要連冬天都去採集。」

先前藉著冰牙蝙蝠牙齒大賺一筆的凱特小姐如是說道——

雖然她們兩個有欠債，是不能跟沒欠債的一般採集家相提並論啦。

「也有可能是村民，我出去看看。」

「啊，珊樂莎小姐妳們繼續討論吧，我去就好。」

蘿蕾雅迅速起身，制止準備離開座位的我。

「是嗎？那就麻煩妳了。」

「好。交給我吧。好久沒工作了！」

蘿蕾雅不知道是不是很高興終於有工作可做，笑著往店面的方向走去。

但我們才繼續討論沒多久，她就帶著一臉困惑走回來。

「怎麼了？」

「呃……就是……來的客人感覺怪怪的……」

「咦？又有怪客人？應該不是諾多先生吧？」

「對，不是他。這次的客人感覺比他更怪。」

「比他更怪……」

啊，不對，等等。

仔細想想，諾多先生當初來的時候，外表上應該沒有多怪吧？他只是穿著比較邋遢。但後來發生了一堆事情，害我們覺得他是個怪人。

……嗯，處事態度帶給觀感的影響真可怕。

「好，我馬上過去。」

「那個，他看起來很高高在上，我就請他去會客室了……沒關係嗎？」

「是嗎？嗯，沒關係。那個房間有防盜措施。」

會客室裡面的物品算有點高級，但是刻印可以防止那些東西被偷，外人也打不開會客室通往走廊的門。

就算來者不善，也不會有太大損害。

「奇怪的客人……好，店長閣下，我們也一起去吧。」
「的確，店長小姐自己一個人去，我們也會擔心。」
「謝謝妳們。那，蘿蕾雅可以幫我顧店嗎？雖然我不覺得會有客人來。」
「好的。妳們也要小心。」
我們三人在目送看起來不太放心的蘿蕾雅走往店面之後，一起前往會客室。

Episode 1

The First Customer

第一位訪客

待在會客室的訪客看起來的確很可疑。

他把帽子壓得很低，圍巾還遮住了嘴巴，身上也穿著厚外套。如果他只是單純在下雪天裡走來我的店，倒還不是不能理解他這身裝扮。

不過，這間房子的室溫在鍊器的效果之下變得很舒適，不應該穿得這麼厚重。

而且他不只穿成這樣，坐在沙發上的模樣還像是把這裡當成自己的家，也難怪蘿蕾雅會說他看起來「高高在上」。他的體格看起來是男性，但不讓人看見長相實在太失禮了。至少也該露個臉吧？

「讓你久等了。」

「不會，沒關係。妳就是珊樂莎．菲德嗎？」

眼前的可疑人物對我有點冰冷的語氣沒有任何反應，僅僅是在瞥過我們三個人的長相之後凝視著我，詢問我的身分。

他的態度莫名讓人懷念……喔，我想起來了。跟會來師父店裡的貴族一模一樣。

那些貴族裡面態度比較正常一點的人，差不多就是這種感覺。

「對，我就是。不好意思，請問貴姓大名？」

「喔，對，我還沒報上自己的姓名。我叫菲力克。菲力克・拉普洛西安。」

「「「咦！」」」

我們三個人不禁同時發出驚呼。

這不能怪我們。因為「拉普洛西安」正是這個國家的名字。

只有跟皇室有血緣關係的人會是這個姓氏。

「只報名字應該無法取得妳們的信任……這個呢？」

他從懷裡拿出一把有精緻裝飾的短劍。

刀柄底部還刻著拉普洛西安皇室的徽章。

只有皇族或受到皇族認可的人能夠攜帶刻有皇族徽章的物品。

也就是說，即使他不是皇族，也一定是擁有同等權力的人——我們立刻從沙發上站起來，跪在地上。

「（他……他真的是皇室的人嗎？）」

「（我怎麼會知道！我連王都都沒去過耶！店長閣下呢？）」

「（他的姓氏的確是皇室的人。可是皇族的髮色應該都很接近金色。）」

我也不曾就近見過皇族，不過我在王都的時候曾遠遠看過，對皇室的了解跟聽過的傳聞也比住在鄉下的人多。

我聽過的其中一種，就是跟皇族髮色有關的特徵。
然而面前這位用帽子跟圍巾藏起自己長相的自稱皇族，髮色卻是深褐色。
雖然他的頭髮大部分都被遮住了，卻也絕對不可能會把他的髮色看成金色。
至少目前的皇室裡面，應該沒有人是這種髮色……
「喔，妳說我的髮色嗎？這是偽裝。」
不曉得他是不是聽到了我們說的悄悄話，他伸手摘下帽子，取下圍巾。
隨後就看見他的頭髮變成及肩的耀眼金髮，也能看見他碧綠色的眼瞳。
不只是他的髮色，連頭髮長度都在一瞬間出現變化，令艾莉絲小姐跟凱特小姐大感訝異。我知道那是什麼鍊器。
是「變裝帽子」。它的基本功能是改變髮色。
這種鍊器可以省下染髮跟後續褪掉顏色的時間，是很方便的變裝工具。
功能更好的連頭髮長度跟眼睛顏色都能偽裝，相對的，價格也會高上好幾倍。不過，皇室的人會有這種鍊器也不奇怪。
「失禮了。那麼，殿下，您明明是皇族，為什麼會特地來我們這樣的鄉下地方呢？」
「這個嘛……喔，等一下，妳們也先坐下吧。誠如各位所見，我這次是刻意隱瞞身分前來，不需要多禮。」

即使他說不需要多禮，也不改他的確是皇族的事實。我不知該如何是好，便看向艾莉絲小姐跟凱特小姐尋求協助，但她們看著我的眼神卻明顯是希望交給我來判斷。

兩人用眼神表達：「我們不知道怎麼面對地位崇高的人！」

我是平民。艾莉絲小姐是貴族。

正常應該會是艾莉絲小姐比較習慣面對上流階級，偏偏洛采家正好是例外。

或許我這輩子遇到的貴族，還比她們多了好幾倍。

可是我也是第一次跟皇族面對面講話……不聽從他的指示，應該會顯得很無禮吧？

「那就恭敬不如從命了——」

我站起來，艾莉絲小姐跟凱特小姐也跟著起身。

視線一往上抬的下個瞬間，也成了我顏面神經跟腹肌有生以來最用力的一刻。

「「——！」」

「——唔！」

只有艾莉絲小姐不小心發出了一點聲音。不過，這也不能怪她。

因為我們一站起來，就看到菲力克殿下頭頂光溜溜的，沒有半根頭髮啊！

假如他是老爺爺或至少過了中年的大叔，倒還不成問題。

又或者是完全沒有頭髮的年輕人，或是整頭頭髮都很稀疏，或長相很普通，也都不至於刺激到我們的笑意。

可是他的長相就算形容得保守一點，也還是要用俊美來形容。正常形容起來就是長得超級帥的。很符合王子這個詞的形象。

而且他沒有禿的地方是長著很滑順的漂亮長髮。髮質好的帥哥只有頭頂禿了一圈的模樣，任誰看了都會覺得要徹底憋住笑意很痛苦。

「嗯嗯～？怎麼了嗎？」

也不知道菲力克殿下有沒有注意到我們的困擾，他甚至撥起自己垂在肩上的頭髮。他的長髮隨之飄逸，還能同時看見他閃亮的白皙牙齒跟頭頂。

等等，他一定是故意的。他是刻意要逗我們笑。

可是菲力克殿下幾乎是這個國家的最高掌權者，天知道現在笑出來會不會受罰。

我藉著腹部用力忍住笑意，緩緩坐到沙發上。

艾莉絲小姐跟凱特小姐也順利熬過笑意的一陣猛攻，坐到沙發上——

「哎呀！」

菲力克殿下拿在手上的帽子掉到了地上。

他彎下腰去撿帽子。

禿禿的頭頂一覽無遺。

「——唔！噗哈！唔噗噗噗！」

最先忍不住笑出來的是艾莉絲小姐。

但是她沒道理受到譴責。畢竟連我都已經快憋不住了！

要怪就怪菲力克殿下啊！

無法掩飾自己笑出來的艾莉絲小姐立刻把雙手撐在地上，磕頭道歉。凱特小姐也面色鐵青地站了起來。

「真的很對不起，殿下！請……請您處罰我一個人就好！求求您別讓整個洛采家——」

「呵呵呵！沒關係，妳不用放在心上。反正不是正式場合，妳們可以儘管笑。」

「這……這怎麼行呢……」

艾莉絲小姐在菲力克殿下笑著揮了揮手後抬起頭來，眼神四處游移，顯得很不知所措。菲力克殿下見狀再次撫過自己的頭髮，同時，艾莉絲小姐也再次把額頭貼到了地面上。

我沒有聽到她發出笑聲，可是我很肯定她的肩膀在顫抖。

這個皇族的人也太調皮了吧！

「哈哈哈，諾多可是一看到我的頭，就馬上哈哈大笑了呢。」

「諾多……是諾多拉德先生嗎？」

「對。他也是我會來這裡的原因之一。妳——記得妳是艾莉絲小姐，對嗎？妳跪著也不好談，還是坐到沙發上吧。」
「可是……」
艾莉絲小姐本來還有點遲疑，但她也不敢拒絕菲力克殿下的指示，再次坐到我旁邊。菲力克殿下看到她坐下之後先是點了點頭，才接著說：
「那麼，妳們應該也猜到我為什麼會來這裡了——就是要治我這顆頭。」
「是指……殿下的頭髮有點……呃……單薄這件事嗎？」
我很煩惱該怎麼說才不會失禮，最後擠出了也不算多有禮貌的詞。菲力克殿下在「呵」地笑了一聲以後，直截了當地說：
「妳就直接說我是禿頭就好，沒關係。妳們不需要多做無謂的顧慮。對，就是要治我的禿頭。珊樂莎小姐，我想請妳幫我做生髮藥。妳做得出來嗎？」
「是做得出來……」
育髮藥是《錬金術大全》第五集裡面的錬藥，我已經有辦法製作了。
而且它的主要材料正好就是剛才跟艾莉絲小姐她們說很適合在這個季節採集的採集物之一。真是太巧了。
不過，就某方面來說，這也不算巧合。它的材料「米薩農的根」雖然全年四季都採得到，卻只有天寒地凍的這個時期採集到的可以拿來當作「生髮藥」的原料。拿其他季節採集到的當原料，就會變成「育髮藥」。

所以想要「生髮藥」的人在這個季節上門非常合理，我也不覺得有什麼特別的——前提是當事人的身分不是王子。

「殿下，您如果有事先委託，我也可以請人把材料送去王都……」

不如說，我反倒希望他這麼做。

沒有事前通知就突然跑來是要逼死誰！

我的確已經多少習慣面對貴族了，可是皇族又是另一回事啊！

「畢竟王都應該不缺技術高超的鍊金術師，照理說不需要勞煩您千里迢迢來到這個村莊，而且也比較省時跟方便，不是嗎？」

「妳說技術高超，是指妳師父米里斯大師那樣的鍊金術師嗎？」

「對。」

我跟師父在鍊金術這方面的實力當然是天差地別，而且我前陣子才麻煩師父幫忙。

要是她命令我：「去採米薩農的根給我。」我一定會馬上回答：「我現在就去採！」

所以菲力克殿下如果去找師父，就沒必要大老遠跑來這麼偏遠的小村落。

師父是有點不喜歡貴族沒錯，可是她也不至於拒絕菲力克殿下的委託……應該不會吧？

「單論鍊金術的實力，的確最應該優先找米里斯大師。」

菲力克殿下微笑著同意我的說法，並搖搖頭說：

「可是，事情並沒有這麼單純。我是這個國家的王子，而米里斯大師是大師級的鍊金術師。我委託她製作生髮藥，一定無法避免受到他人矚目。尤其王都人口眾多，很難完全不被發現。」

生髮藥是很敏感的話題。

有些人完全不在乎自己禿頭，然而在意的人卻會在意得不得了。

菲力克殿下不知道為什麼似乎不是很介意——甚至還有辦法把自己的禿頭當成笑話，可是他的立場比較特殊，會讓大多人認為他一定很在乎自己的頭髮問題。

簡單來說，其實並不難想像消息一走漏，就會有不少人為了這件事開始暗中採取行動。

想討好菲力克殿下的派閥會嘗試搶先弄到生髮藥，方便賣人情給他；而跟菲力克殿下敵對的派閥則是會刻意阻撓，試圖讓這件事變成醜聞。

某些中立派閥也很可能出現一些動作。

到時候他們就會把鍊金材料的市價搞得一團亂，造成很多人的困擾。

「我不能讓其他人發現這件事情。其實我自己是覺得不需要特地治療禿頭的問題，只是我父親不允許我頂著這顆禿頭出現在公眾場合。」

「這倒是不怎麼教人意外……」

就算菲力克殿下自己不在意，也還是得考量到一般大眾對他的觀感。

如果今天禿頭的是年邁的皇族，或許還不成問題，然而菲力克殿下還很年輕。他俊美的長相適合對外交涉，要是從來不出席公眾場合，一定會被認為是不稱職的王子。

記得菲力克殿下是第一王子，但是現任國王還沒決定好要選誰當皇太子，會不會基於某些因素，改指名其他王子或公主繼承王位還很難說。

「所以，我希望盡可能在避人耳目的情況下弄到生髮藥，避免一些不必要的麻煩介入。」

「——菲力克殿下，我可以提問嗎？」

艾莉絲小姐微微舉起手，詢問是否能開口發言。菲力克殿下大方答應。

「嗯，當然可以。我剛剛也說過了，妳們不需要多禮。」

「感謝您的寬宏大量。我知道菲力克殿下需要生髮藥，可是您為什麼會親自拜訪呢？派使者過來應該會更不容易引起注意。您不需要特地親自前來這種鄉下地方吧？」

「身為鍊金術師的珊樂莎小姐應該比較清楚我為什麼會親自走一趟。」

菲力克殿下雙眼看向我，我點點頭，說：

「就是……艾莉絲小姐，其實育髮藥有兩種。一種是所有人都可以用的通用育髮藥。另一種是配合使用者體質的育髮藥。想要徹底解決禿頭問題就需要配合體質的育髮藥，而且需要跟當事人直接見面，才做得出來。」

前者也會長出頭髮，只是需要偏長的一段時間才能見效，再加上大多中途停用育髮藥的案例之後又會開始掉髮，效果其實不算好。

後者則是如果有成功長出頭髮，效果就會持續好幾年。所以終究還是多花一點錢訂製配合自身體質的育髮藥會比較好。

也因為這樣，才會特別把量身訂做的育髮藥另外取名為「生髮藥」。

不過，製作生髮藥會需要檢查使用者的體質，導致一定需要親自拜訪鍊金術師，或是請鍊金術師到自己家一趟。

菲力克殿下其實可以請鍊金術師登門造訪，然而那麼做絕對會引起其他人的注意。

所以他會跑這麼遠，也算是別無他法。

「原來如此。聽起來滿麻煩的。」

「是啊。如果要做的是『禿頭藥』就簡單多了。那種藥不管給誰用都很有效。」

只是我不知道配方，要我做那種藥，我也做不出來。

而且聽說禿頭藥配方是寫在充滿不知道什麼時候用得到的物品那一集，也就是《鍊金術大全》第十集。

單論製作難度比較適合放在第五或第六集，而它會被放在第十集，好像是因為它是「開發生髮藥途中做出來的失敗作」。

開發這種藥的人要是沒注意到藥效變得相反就拿來用，一定會很想哭。

「禿頭藥？店長閣下，真的會有人想用那種鍊藥嗎？」
「嗯，其實也真的有人想用。那種藥的禿頭效果可以維持一輩子，有一部分人很喜歡這種鍊藥。」
例如因為宗教因素剃光頭的人，或是想去除雜毛的女性。
雖然它不便宜，不是每個人都用得起，不過我以前在師父店裡還是偶爾會看到有人來買。
「聽起來它還是有些有意義的用途。可是，店長小姐，它怎麼不乾脆換個名字就好？」
「哈哈哈……因為鍊藥跟鍊器的名字都是開發出來的人取的。」
取這種名字還算好的。有些真的會怪到莫名其妙。
看來有鍊金術才能的人不一定有取名的才能。
「那我懂菲力克殿下為什麼會親自拜訪了……可是，明明也可以委託其他鍊金術師製作，為什麼要特地委託店長小姐呢？是因為她是奧菲莉亞大人的徒弟嗎？」
「這也是原因之一，但最主要是因為我剛才也有提到的那位諾多。」
「諾多先生？」
「對。我跟他認識很久了。他之前給妳們添了不小的麻煩吧？所以他希望我可以幫忙補償各位當時的損失。」
幾個月前，諾多先生帶著艾莉絲小姐跟凱特小姐兩個護衛去調查火蜥蜴，卻因為他對研究懷著「深不見底的好奇心」，害得一行人被困在洞窟裡面。

如果當初只有他受困，我應該會選擇見死不救。

不過，很不幸的——諾多先生運氣很好，他是跟艾莉絲小姐和凱特小姐一起受困。

結果我還是得自掏腰包去救艾莉絲小姐她們出來。

幸好最後有成功救出他們三個，然而這場救援行動的開銷卻是龐大到難以形容——而且這並不是我故意誇飾。

就算諾多先生已經盡可能支付救援費用給我，也仍然只是冰山一角。

當時做的鍊器跟鍊藥都還留著，但還是不改我消耗掉絕大部分現金的事實。所以我會需要急著想辦法賺錢，有九成都是他害的。

「所以您才會特地來拜訪我嗎？其實他人是不壞……」

畢竟也是有他介紹，菲力克殿下才會特地來委託我做鍊藥。

——只是他這份好意反而弄得我有點困擾啊！

老實說，皇族在我這樣的平民眼中是一種高不可攀的存在。

我的確是因為師父店裡常有貴族上門，還有在學校跟侯爵家千金變成朋友，已經多少習慣面對貴族了，但也只是「多少習慣」而已。還好不是在公眾場合遇到菲力克殿下，再加上他也主動叫我們不用多禮，才不至於慌到不知所措，可是還是夠讓我覺得胃痛了。

「他很優秀，只是對研究熱衷過了頭……恕我代他向各位說聲對不起。」

「沒……沒關係！菲力克殿下不需要特地向我們道歉！」

「畢竟他是我的朋友。不過，我也不能單純拿錢資助妳們，所以才會想提供一份酬勞優渥的工作。這份委託我會預付兩百枚金幣，等生髮藥做好，我會再多付一千枚金幣。」

「「——！」」

菲力克殿下說出的金額讓艾莉絲小姐跟凱特小姐倒抽了一口氣。

他提的金額以買一份鍊藥來說，的確有點太高了。

對，只是「有點」而已。像以前用來治療艾莉絲小姐的那種可以接合斷肢的鍊藥，就比他說的一千兩百枚金幣還要再貴超過十倍。

「您提供的金額將近一般市價的兩倍，真的沒關係嗎？」

「生髮藥原本的價格也太貴了吧！」

忍不住吶喊的艾莉絲小姐急忙摀住自己的嘴。菲力克殿下心平氣和地回答：

「就這個價錢，沒關係。妳願意接下這份委託嗎？」

「那我就接下您的訂單了。不過，我還需要一點時間收集生髮藥的材料，所以會讓您等上一陣子……」

「沒問題。我也打算花點時間在這一帶走走。」

菲力克殿下表示願意等，並指著自己的頭，接著說：

「醫生說我是壓力太大，才會導致禿頭。所以我本來就計劃好要離開王都四處旅行，順道視察民情。」

菲力克殿下臉上浮現帥氣的微笑，但是他的笑容卻不太像是發自真心。

先不論視察民情，至少這附近絕對不適合旅行。

適合旅行的條件是當地風光明媚、氣候舒適，或是存在非常紓壓的景點。

然而這附近並不存在這三種條件中的任何一種。

不對，如果是想看看「平常看不到的景色」，的確是可以去大樹海或更裡面的山脈看個過癮，只是會有喪命的風險。

——再怎麼樣都不會挑這種地方觀光吧？

聰明的我當然沒有坦白說出口，也不多說其他廢話。

「那麼，就麻煩殿下提供幾根頭髮——」

我才說到一半，就聽到蘿蕾雅著急的呼喊從我身後的店面方向傳來。

「請……請你們不要這樣！呀！」

「誰理妳啊！」

鏗、匡啷、磅！

除了蘿蕾雅的聲音以外，還有一道來自陌生男子的聲音。緊接著又傳來一陣破壞聲響。

我回頭看往巨響傳來的方向，準備起身去察看情況。但一想到菲力克殿下在場，又忍著衝動坐回椅子上。

我很想馬上去看看發生了什麼事，可是現在在我眼前的並不是普通的客人。

即使菲力克殿下說不需多禮，也不應該做出突然中途離席這種極為失禮的事情。

不過菲力克殿下似乎也了解到事態緊急，立刻允許我離開。

「妳不用顧慮我，直接過去吧。」

「恕我先失陪了！」

我立刻起身打開通往店面的門，就看見像是流氓的四名男子跟站在櫃檯後面的蘿蕾雅，以及勇猛站在櫃檯上保護蘿蕾雅的核桃。

雖然不知道發生了什麼事，但既然核桃已經進入備戰狀態，就表示這四名男子一定做了某些有攻擊性的舉動。他們對擋在面前的核桃嗤之以鼻。

「哈哈！這什麼東西啊？是會動的可愛小布偶喔～？」

核桃的外型的確沒有任何壓迫感可言。

不過，它仍然是鍊金術師店裡的物品。如果智力正常，一定會提防它是否有危險性——很可惜的是，他們脖子頂著的那個東西似乎不太一般。

「別給我礙事！混帳！」

男子舉起手，準備把核桃從櫃檯上掃開。

「……太愚蠢了。」

在我身後探頭查看情況的艾莉絲小姐小聲說出這句話，核桃也在幾乎同一時刻展開了行動。

核桃輕快地跳起來，用雙腳使出飛踢。

它強而有力又俐落的一腳，狠狠踹中了男子的腹部。

「呃啊！」

男子發出呻吟，痛得彎下了腰。這時，降落地面的核桃又再一次跳躍。

旋轉著身體的它舉起一隻手，對男子使出一記螺旋上鉤拳。

下巴遭到重擊的男子被打到雙腳離開地面，直接往背後倒下。

「「「……………」」」

三名男子對眼前看起來不太真實的景象不禁目瞪口呆。

順帶一提，被踹倒的男子已經完全失去了意識。

而且他不只是睜大雙眼，甚至都翻白眼了。但似乎還有呼吸。

——嗯，力道掌握得剛剛好。

核桃的爪子銳利到足以破壞岩石。要是它沒有手下留情，就會害我心愛的店面被血弄髒——

不對，是會讓這些人受重傷。

「……啥？那……那什麼鬼東西啊！」

「它是這間店的警衛。我才想問你們來這裡做什麼。」

「警衛？聽妳在放屁！」

我往前踏出一步，詢問這群男子的來意。然而他們卻只給出粗暴的回答。

其中一名男子氣得大大抬起自己的腳，打算狠踹店裡的櫃子。

——不過，想在我店裡搞破壞，絕對不是好主意。

他的腳踹到櫃子的前一瞬間觸發了防盜刻印，櫃子周遭瞬間出現保護櫃子的薄薄光膜。男子一碰到那層光膜就彷彿忽然全身麻痺，完全無法動彈，最後朝著地面倒下——但他還沒碰到地面，核桃就往他的心口用力揍了一拳，直接昏倒在第一個昏厥的人身旁。

「這……這到底是怎樣啊！」

剩下兩個人慌得開始往後退，只是我也不打算因為他們萌生退意，就放過他們。

「核桃，動手。」

「嘎嗚！」

我一下令，核桃就立刻採取行動。

它再次猛力由下往上揍了另一個人的腹部，在對方痛得往前倒下來時，又往下巴多揍一拳。

核桃緊接著把櫃子當成用來跳躍的踏腳台，準備處理打算轉身逃跑的最後一個人。

它跳到天花板上用力一蹬，對男子的頸部施展一記強勁的攻擊。

打得兩名男子虛弱倒地的核桃在空中翻轉一圈，以輕盈無比的動作完美著地。

總覺得抬頭看著我的核桃好像很滿意自己的表現。

「不小心忘記問他們來這裡做什麼，就先動手了——這裡剛才發生了什麼事？」

我抱起核桃，向蘿蕾雅詢問事由。她臉色略顯蒼白，說：

「啊，嗯。那個，我也不知道是怎麼回事，他們一進店裡就開始大鬧……」

仔細一看，才發現我們平常開茶會坐的桌椅都被翻倒了。

也對，一些不會固定在原地的家具不會受到防盜刻印保護，他們一開始才沒有受到反擊。畢竟我們自己都偶爾會不小心被椅子絆到腳，加上防盜效果會很不方便。

「看來妳沒有受傷。太好了。」

蘿蕾雅只是普通的鄉下小女孩，不像我跟艾莉絲小姐和凱特小姐已經習慣應付一些輕度的暴力場面。

她從來沒有離開這座到處都是熟人的村莊。應該也沒機會面對來自他人的惡意跟暴力。

我把核桃放到櫃檯上，抱住微微顫抖的蘿蕾雅，摸摸她的頭。隨後，她本來還有點僵硬的身體也終於放鬆了下來。

「蘿蕾雅，店裡有什麼東西受損嗎？」

「沒有。妳們趕來看情況之前，只有被弄倒桌子跟椅子而已。」

跟著我來店裡的艾莉絲小姐一邊扶正桌椅，一邊詢問損害情況。仍然靠在我懷裡的蘿蕾雅點點頭，表示損害不嚴重。

凱特小姐跟菲力克殿下也跟著艾莉絲小姐走來我們這裡。菲力克殿下看著剛才在店裡跟櫃檯上四處跳躍的核桃，表情看起來對核桃有點興趣。

「真厲害。是防盜刻印跟鍊金生物嗎？真不愧是米里斯大師的徒弟。」

「您過獎了——其實刻印是我搬來這間店前就有的。」

「就算刻印是前人留下的，那隻鍊金生物也確確實實就是出自珊樂莎小姐之手吧？諾多之前就說過妳是實力高強的鍊金術師，現在親眼見證了妳的能力，我也能放心委託妳製作鍊藥了。」

「謝謝您這麼抬舉我——這幾個男的是沒多說什麼就在店裡搞破壞嗎？」

「對。他們一聽到我打招呼，就突然開始動粗……」

唔～以蘿蕾雅的個性來說，她不可能會因為態度太差，惹到上門的客人。

我在這裡開店到現在，頂多遇過行為舉止有點沒教養的採集家。而且不知道是不是地獄焰灰熊襲擊事件的影響，從來沒有人會突然在店裡鬧事。

防盜刻印也只發揮過一次效用，那次是因為一個有點惡劣的採集家故意找碴，用力敲打櫃檯所致。

而且我也沒想到原本只是留在店裡以防萬一的核桃，會真的有派上用場的一天。

我不曾看過這幾個男的，會不會是最近才來的採集家想刻意示威？

我的店不會讓人透過恐嚇爭取優惠，只會讓做這種事的人永遠進不了我的店。

「他們到底為什麼會來店裡鬧事？我不記得我做過什麼會招惹到別人的事情啊……嗯？應該沒有吧？」

艾莉絲小姐聽到我語氣不太確定，便傻眼地聳了聳肩，說：

「店長閣下，妳曾招惹過某幾個人啊。雖然完全是對方自己的問題，不是店長閣下的錯。」

嗯，說得也是。的確是有惹過幾個人。

只是應該也不太可能都過這麼久了，才派這些人來找碴。

「店長小姐，我們要怎麼處理這些人？」

「這個嘛……就先把他們丟去外面吧。」

我其實很想「用心聆聽」他們的來意，可是今天菲力克殿下在場。

我不能把菲力克殿下晾在一邊，自顧自地訊問這幾個男的。於是我跟凱特小姐就這麼把失去意識的幾名男子拖到室外，讓他們躺在白雪堆成的軟綿綿床墊上。

睡在這上面有點冰，應該至少會害他們感冒吧？

這也是他們自作自受。

要是他們敢弄傷蘿蕾雅，我就會更大方地幫他們加上厚重的純白冰涼棉被了。反正蘿蕾雅平安無事，我就大發慈悲地手下留情吧。

看我多善良啊。

「讓您久等了。」

「沒關係，我不介意——這裡很多那樣的採集家上門嗎？」

我們重回會客室。我搖頭否定坐在我對面的菲力克殿下提出的疑問。

「不，我們也是第一次遇到這種人。有些採集家態度的確不太好，可是從來沒有人會突然動粗……而且那些人都是生面孔，搞不好才剛來到這個村子不久。」

「這樣啊……如果妳需要幫忙，儘管跟我說。當作是補償當初諾多給各位添的麻煩。」

「感謝您的好意。不過，應該不至於嚴重到需要您出手相助。而且您剛才也看到了，如果來搗亂的只是那樣的小混混，根本不成問題。」

這個國家的皇族權力非常大，甚至能動用權力做些有點無理取鬧的事情。

但我覺得請皇族用他們的權力幫忙，一定會惹上一身麻煩。

就像借錢要事先做好規劃。絕對不可以在不知道利率是多少的情況下隨便欠債或欠人情！

萬一利率很高，很可能會被迅速暴增的利息壓得動彈不得。
菲力克殿下看著我用有點僵硬的笑容回絕他的好意，臉上露出似乎是覺得很有趣的神情。
「是嗎？那也無妨——話說回來，我需要提供頭髮，對嗎？」
「對，請您放幾根到這個瓶子裡。然後——」
我接著檢查菲力克殿下的魔力性質、肌膚狀態，以及他的健康狀況。
我會基於檢查結果調整使用材料的比例。
但我也只是照著《鍊金術大全》上面的指引調整配方，並沒有多困難。
而且生髮藥這個項目占了好幾頁的篇幅。
看到這些占了好幾頁的資料，就知道這世上的男性自古至今花了多少心力煩惱跟對抗他們的禿頭問題，也不難想像他們耗費了多少金錢。
而《鍊金術大全》上其實還存在其他彷彿是要跟生髮藥比誰比較占篇幅的大分類——也就是女性美容相關的鍊藥跟鍊器。
女性追求美麗外表耗費的心力跟金錢和男性的頭髮問題不相上下，甚至更加誇張。
「——感謝殿下的配合。剛才就是最後一項檢查了。我接下來還得收集材料，應該還要好幾個星期才能做好……您願意等嗎？」
「那我之後再找時間過來拿。麻煩妳了。」

「好的，我一定會完成您的訂單。」

我跟著菲力克殿下起身，獨自帶著他走到出口。

問我艾莉絲小姐跟凱特小姐去哪裡了？

我開始幫菲力克殿下檢查的時候，她們就馬上用「我們幫不了什麼忙」的藉口逃走了。

蘿蕾雅也一樣。不過，這其實也不能怪她。

畢竟蘿蕾雅不習慣面對權高位重的人，我也懂她一定會怕自己不小心得罪菲力克殿下，闖下難以挽回的大禍！

我們這些平民百姓真的會很不想跟在上位者扯上關係。

而且艾莉絲小姐嚴格說起來也是領導階層的人，居然先跑了！

「請您路上小心。」

我深深低下頭，隱藏自己心中那份「他終於要走了」的想法，並一直維持一樣的姿勢直到再也聽不見踩在雪地上的腳步聲。隨後我緩緩挺直身體，為貴賓來訪平安劃下句點大大鬆了口氣。

◇　◇　◇

目送菲力克殿下離開之後，我把店門口的牌子從營業中改成休息中，然後先鎖好門，才癱軟在會客室的沙發上。

「唔～啊～哇～」

精神疲憊的我發出不成言語的呻吟時，艾莉絲小姐她們也剛好一臉過意不去地回來會客室。

「店長小姐，辛苦妳了。」

「真的累死我了～而且妳們還給我全部逃走～！尤其是艾莉絲小姐，妳要比她們兩個花更多心力慰勞我才行！」

因為妳明明是我們幾個裡面社會地位最高的人，竟然還先跑掉！

「如果現在有什麼我幫得上忙的事情，我當然是願意幫……」

「總之，妳先過來。坐在這裡。」

艾莉絲小姐看到我拍打沙發，就苦笑著坐到沙發上。我把她的大腿當成枕頭，放鬆全身的力氣。嗯，躺起來剛剛好。

「抱歉，店長閣下。我一想到很可能會不小心對菲力克殿下失禮，就不敢多待幾秒……」

「是啊，我也沒勇氣跟菲力克殿下交談……我反倒很佩服店長小姐竟然能跟他正常對話。」

「因為師父店裡也常常有貴族上門。」

再加上我曾在學校學過貴族禮儀，很要好的前輩們又是貴族，讓我有機會親眼見到侯爵家當家那樣的上流貴族。所以應該是比一般人習慣面對位高權重的人——

「不過，我還真的沒想到會有跟皇族面對面說話的一天啊～雖然諾多先生大概是出於善意才跟菲力克殿下說可以來找我，但說真的，他這樣反而很讓人困擾耶！」

「的確。而且店長閣下應該也很難拒絕皇族的委託。」

「當然拒絕不了！我怎麼敢跟大老遠跑來這裡的菲力克殿下說：『我不想接皇族委託的工作……』這種話啊！」

酬勞一定很優渥，只是夠不夠補償過程中的精神疲勞，就很難說了。

而且失敗了搞不好還有生命危險。

「珊樂莎小姐，我泡了熱茶，妳要喝嗎？」

「要～」

我喝了一口蘿蕾雅貼心泡的茶，輕吐一口氣。

順便吃一塊她一起拿給我的餅乾。

餅乾柔和的甜甜滋味安慰了我疲憊的心靈。

「呼～謝謝妳。」

「不客氣，畢竟我也只能為妳做這點事情……話說，原來那個人是王子啊。我是有覺得他長得很帥，但還真沒想到是王子。」

「是啊……蘿蕾雅喜歡那種類型的男生嗎？會想跟他結婚嗎？」

我這麼詢問愣愣仰望上方的蘿蕾雅，她就連忙揮動雙手否認。

「不……不會，完全不會！我跟皇族根本是不同世界的人，我完全不會想跟他結婚！我頂多覺得他長得很英俊而已，實在不認為自己有機會跟他結婚……也想像不到那種情景……」

「這樣啊。也對，以蘿蕾雅的角度來說，本來就會這麼覺得。那艾莉絲小姐跟凱特小姐呢？尤其艾莉絲小姐至少身分上是貴族千金。」

「我的想法跟她一樣。因為我真的就像店長閣下說的，只有身分姑且是貴族千金而已。」

「我也沒辦法想像自己跟他結婚。王子幾乎是全國地位最高的人，我跟蘿蕾雅在他眼中都只是一介平民吧。」

學校裡有些貴族千金會很興奮地聊著自己很嚮往跟王子結婚，或許是因為那些女生家裡都是階級很高的貴族？

像跟我感情很好的普莉希亞學姊就是侯爵千金，跟王子結婚的可能性並不是零——只是當事人似乎對王子完全沒有興趣。

「那店長小姐呢？」

「我也沒辦法想像。而且像我們這樣的老百姓，都會想避免跟地位太高的人接觸吧？雖然有些地位高的人很和善，可是大部分相處起來都會很消耗精神力……」

問我接不接受這種情況要持續一輩子的話，還是饒了我吧。

而且連生下來就在皇族家庭生活的王子，都會壓力大到掉頭髮了。

——不對，他也沒說自己是為人際關係心煩才會掉髮。

連乍看很和善的菲力克殿下都感覺是用笑容藏著不為人知的想法……就算送我一大筆錢，我也不想跟那種人共度下半輩子。

「嗯……原來店長閣下也是這樣想啊。不過，還真沒想到菲力克殿下會連一個護衛都不帶，就跑來這個村子。他該不會還滿擅長武術的吧？」

「菲力克殿下應該有一定實力，但我認為他還是有帶護衛過來。只是我也是猜的。」

護衛應該沒有進來店裡，可是我感覺房子周遭好像怪怪的。

那大概就是他的護衛。

不過，也真不愧是王子的護衛。就算早就猜到很可能有護衛，還特別注意周遭的動靜，憑我的實力也只隱約感覺得到好像跟平常不太一樣。

「而且他身上很多用來防身的鍊器。那些鍊器大概都是師父做的。」

他那樣應該不會隨隨便便就受傷，護衛沒有貼身保護他也無妨。

「對了，我剛才沒有泡茶給他，這樣會很失禮嗎？」

「喔，沒關係。除非妳是主動邀請貴族參加茶會或餐會，不然都不需要特地泡茶招待他們。只有交情特別好的情況例外。」

如果是貴族，根本就不會吃不知道裡面摻了什麼東西的食物，有必要的話，甚至還會請隨侍在側的僕人準備。

不過，即使知道對方一定不會碰，也是可以單純端出來表示歡迎——

「只是萬一不小心出事——就算只是食物中毒，也可能會被懷疑在餐點裡下毒，到時候就真的小命不保了。」

如果是平民——就等著被斬首。

「這樣啊……跟貴族交流真麻煩。」

蘿蕾雅瞥了艾莉絲小姐一眼，讓艾莉絲小姐先是愣得眨了眨眼，才用力搖頭否認。

「嗯？等等，我先說我家不會這麼講究，而且不是我在炫耀，我家可是從來沒邀請過其他貴族，也沒接受過其他貴族的邀請喔。更何況我今天才第一次聽說有這種禮節！」

「艾莉絲……這真的沒什麼好炫耀的。我們只是沒有機會學習禮節而已，對吧？」

「算了，不會也沒關係。反正我們本來就沒機會用到。」

艾莉絲小姐說著聳了聳肩，隨後露出苦笑，說：

「不過，看來皇族這個身分也讓他多了不少麻煩。光是想買一個鍊藥，也都得顧慮到世人的眼光。」

「……艾莉絲小姐，妳該不會是百分之百相信菲力克殿下的說法吧？」

「咦？他是騙我們的嗎？」

「應該不是騙我們……凱特小姐，以後換艾莉絲小姐當洛采家的當家，真的沒問題嗎？她……太純真了。」

我刻意講得很婉轉，雙眼看著凱特小姐。她很傷腦筋地笑說：

「洛采家也不期待艾莉絲能有多少貴族風範。夫人說她已經決定指望媳婦了。」

「哦，指望媳婦啊……等等，媳婦？」

「對，就是指店長小姐。」

「我居然已經是內定的媳婦了！」

「啊，沒有，夫人說妳要當女婿也沒關係。」

「幾乎沒差嘛～！」

「因為妳的條件太好了。老爺跟夫人也說妳可以隨意借用洛采家的名號處理事情。雖然洛采家的名號能幫上的忙不多，但總比拜託菲力克殿下幫忙還要安心吧？」

「唔，這倒是。」

請菲力克殿下幫忙一定會演變成天大的麻煩。我一點都不想去想像後果。

「而且店長小姐應該也不是完全不能接受吧？」

凱特小姐露出微笑，指著我的枕頭。

「……哎呀。」

我坐起身喝了一口茶，重回正題。

「說真的，菲力克殿下要在避人耳目的情況下請師父進去皇居，應該不會太困難——前提是師父願意配合。」

能力超乎常人的師父無聲無息地去找菲力克殿下，跟菲力克殿下偷偷過來找我。應該不用明說，也知道哪一種做法會比較困難吧。

而且師父搞不好有辦法輕鬆做出所有人用起來都能見效，不需要檢查體質的生髮藥。

「珊樂莎小姐，妳這樣沒有否定掉凱特小姐的疑問喔……」

「蘿蕾雅，我不知道妳在說什麼否定不否定耶？」

「算了，是沒差啦～」

我把視線撇開蘿蕾雅半瞇著眼的質疑眼光，接著說：

「他很可能是基於其他目的來找我的。」

「其他目的……什麼目的？」

「不知道。不過，應該是讓我接下這份工作，會比較方便完成他的目的……只是對我來說就不方便了。」

「那剛才不要接下他的委託不是比較好嗎？」

「蘿蕾雅，妳認為我拒絕得了皇族的委託嗎？」

「的確是不可能。對不起。」

我露出微笑搖搖頭，安慰垂頭喪氣的蘿蕾雅。

「不，妳不用向我道歉。我自己也很想拒絕這份委託。可是，既然我都已經接下這份工作了，就還是要努力完成它才行。」

「是啊，而且又絕對不能失敗或拖延到對方的時間。店長小姐，妳承受得了這麼大的壓力嗎？」

「我只要跟平常一樣認真做好自己的工作就好。不過，問題就在要去採集米薩農的根，才能做生髮藥。」

「不是本來就要去採嗎？我們在菲力克殿下過來之前就有問妳現在有什麼可以採集，妳那時候有提到米薩農的根吧？」

「是沒錯……」

看準天氣好的時候再抱著「有找到就算運氣好多賺一筆」的心情出門採集，跟要在期限內懷著「我不找到它就完了！」的心情去採集的危險程度可說是截然不同。

「是因為現在這個季節的確能採到米薩農的根，我才會順便提到，可是這種採集物的採集難度其實相對較高。」

我也很少在冬天上山採集，所以我本來打算以相對好採集的東西為主，當作累積經驗。米薩農的根頂多是運氣好有在路上看到再採集。

「我曾在冬天的實習課進山裡採集，我必須說不可以太小看冬天山上的環境。我們的確很需要錢，但為了錢犧牲性命就本末倒置了。那妳們……」

「嗯，我們不曾在冬天上山。」

「頂多當天來回，不曾冬天在山裡過夜。再加上我們也沒有足夠技術在冬天上山採集。而且冬天上山的裝備會很花錢吧？」

「對。尤其裝備的好壞會直接影響到活下來的機率。如果冬天上山的主要目的是採米薩農的根，一般會需要先累積好幾年的經驗……但看來我們沒時間那樣拖拖拉拉的。大概也只能先用心做好事前準備了。」

問題是事前準備也很花錢。雖然菲力克殿下有預付兩百枚金幣，我還是有點擔心會不夠用。

「要是我這裡還留著足夠材料，就可以自己打理裝備了……」

「可是妳在救我們脫困的時候把材料都用得差不多了，對吧？抱歉。」

艾莉絲小姐對故意沒有講明白的我低頭道歉。

是啊。我之前存起來的大多材料都拿來做當時應該能派上用場的鍊器跟一些鍊器的測試版，現在整個倉庫——並沒有變得空空如也。

反而是塞滿了一堆東西。一堆不知道什麼時候會用到，也不知道能賣給誰的鍊器。

「我不後悔花那麼多心力救妳們兩個，不需要放在心上。」

「我們可能還不起全部，但還是會盡可能用身體還妳利息。所以店長小姐，艾莉絲就任憑妳處置了。」

「沒錯，就用我的身體——為什麼啦！應該要用勞動來償還吧！」

艾莉絲小姐差點就跟著點頭附和凱特小姐毫不猶豫出賣主子的一句話，轉頭激動地反駁她。

「我們欠的錢，單靠勞動還得清嗎？我們欠的金額大到被賣去妓院都不應該有怨言耶。雖然艾莉絲現在還派不上什麼用場，不過以後一定會有機會的。不然妳也可以在哪天晚上特別冷的時候把她當成暖暖包。」

「妳居然說我派不上用場！還說是暖暖包！太無情了吧！店長閣下，論暖暖包的話，我反而比較推薦凱特喔。她軟軟的又很暖，很適合當抱枕。」

「是喔。我來看看——」

凱特小姐的某個部位看起來的確是滿柔軟的。

不過，某人卻用力抓住了我下意識伸出的手。

轉過頭一看，就發現蘿蕾雅正面露笑容看著我。

「珊樂莎小姐。」

「呃，我們在開玩笑而已。我只是想稍微摸摸看——」

「抱枕太大反而會很礙事喔。我來當抱枕會比較剛好吧？」

「我也不是一定要挑一個人當抱枕啊！」

蘿蕾雅之前跟我睡同張床的時候曾碰過我的胸部，她應該不是對我有意思吧？她應該不是因為村子裡沒有年紀相近的異性，就變得喜歡同性了吧？

「我也只是開玩笑的。可是，就算以後她們兩個都任由珊樂莎小姐擺布，錢也不會憑空生出來吧？——除非把妳們出租給外人。」

「蘿……蘿蕾雅，妳提這個主意應該也只是在開玩笑吧？」

艾莉絲小姐臉色變得略為蒼白，蘿蕾雅則是微笑著回答她的疑問。

「對，當然只是開玩笑——反正這個村子裡也沒人付得起值得妳們把自己租出去的錢。呵呵呵……」

「店長小姐，我覺得蘿蕾雅有點可怕耶。」

「一定是被凱特小姐帶壞了。她本來明明是個天真無邪的鄉下小孩，現在竟然會變成這樣……嗚嗚嗚……」

我故意很浮誇地做出擦眼淚的動作，隨後凱特小姐就深深嘆氣，說：

「我倒覺得蘿蕾雅從店長小姐身上學到的，應該會比從我身上學到的來得多吧？——算了，

先不說這個了。我們先來討論需要準備什麼東西吧。這比抱怨錢不夠重要多了。」

「說得也是。總之，我們最需要的一定是冬天用的登山工具。沒準備好絕對會死在山裡。」

除了最必要的防寒衣物以外，用來應付意外狀況的器具也非常重要。

艾莉絲小姐她們之前也是有帶應急的工具跟糧食，才能在洞窟裡熬過那麼多天。

「那當然。還有，事前調查也很重要。這種季節漫無目的地在山上亂竄太危險了。」

「是啊。可是，也不知道能否收集到相關情報。我們會去問問其他採集家，但是不要太期待能問到什麼有用的知識。畢竟大家如果夠了解冬天山上的環境，就不會沒有採集家上門了。」

凱特小姐視線朝著沒有客人在的店面。入冬以後，從來沒有人帶需要冬天上山才採得到的採集物過來賣。換句話說，就是大家也沒有能力在這種時節去山上採集。

「那個，有什麼我可以幫的忙嗎？」

「我想請妳幫忙下廚。」

「下廚……是幫妳們準備糧食嗎？」

「對，而且我希望妳幫我們做好吃的料理，還有好吃的甜點。做很甜又很方便隨手吃的會比較好。妳可以多用點砂糖沒關係。」

「可是妳們是去工作，吃甜點會飽嗎？吃點更能填飽肚子的東西會比較好吧？」

「不不不，冬天去山裡一定要帶甜點在身上。因為甜食也會影響發生意外時的存活率——也就是求生意志。可以邊走邊吃的攜帶糧食也很重要。」
用鍊金術做的攜帶乾糧非常方便，可是它完全無法帶來精神上的滿足感。
艾莉絲小姐跟凱特小姐之前受困洞窟裡面唯一的食物就只有攜帶乾糧，她們能靠著乾糧存活那麼長一段時間，可以說精神力真的很強。
而且她們還被困在昏暗的洞窟裡，甚至不知道有沒有辦法逃出去。
搞不好還可能在吃光糧食之前先精神崩潰。
當然，我這次會非常小心不讓我們一行人在冬天的山上遇難，但還是想準備好足夠我們撐到春天的糧食，以防萬一。尤其要撐到春天的話，準備有變化性的糧食就更重要了。我不想只靠攜帶乾糧度過剩下的冬天。
「艾莉絲小姐跟凱特小姐也想在路上吃好吃的料理吧？」
「只有攜帶乾糧的確會很膩，但是跟鬧飢荒的時候比起來好多了……」
「是啊。當時在洞窟裡有攜帶乾糧可以吃，就還能正常走動。跟那時候差太多了……」
「手也不會發抖。」
「也不會看到幻覺。」
嗯？我只是想問問她們是不是同意我的看法而已，她們兩個就變得雙眼無神，仰望著天花板。我曾聽她們說洛采家領地鬧飢荒的時候很慘，到底是慘到什麼地步？

而且艾莉絲小姐是貴族吧……？啊，不對，這不是重點。
「蘿蕾雅，妳看。她們兩個也說很需要好吃的食物！」
「呃，她們沒說啊？而且是不是已經失去意識了？」
「妳為村子裡的乾糧產業帶來了很重要的變革，我很期待妳的手藝喔！」
「啊，妳要裝作沒聽到我的疑問嗎？是沒關係啦。不過，我也只是幫忙稍微改良，讓我們這裡的食材也能做成乾糧而已。再加上還有其他人幫忙。」
「才不只是稍微改良！那是一場產業革命！妳是整個乾糧產業的英雄！」
——其實也就純粹是指約克村裡面的乾糧產業，規模不算大。
不過，採集家是真的對新開發的乾糧讚不絕口，原本要從其他城鎮進貨的乾糧也變得可以在村子裡自行生產，讓村民們有辦法藉著乾糧賺錢。
這場產業革命有很大一部分的功勞屬於蘿蕾雅，再加上我希望她發揮自己的長處，開始不斷吹捧態度謙虛的她。蘿蕾雅靦腆地笑說：
「有……有那麼厲害嗎？嘿嘿嘿……好！那我會努力幫忙準備食物！」
蘿蕾雅用鼻子大大呼出一口氣，很有幹勁地握緊雙拳。
當天傍晚，去跟採集家打聽山上環境的艾莉絲小姐她們在回來之後嘆了口氣，表情看起來不像有好成果。雖然早就知道答案，但我還是特地問出口——

「妳們沒有打聽到有用的情報嗎？」

「沒有。我們問的都是安德烈他們那些比較資深的採集家，可是沒有半個人曾經在冬天上山採集。」

「他們冬天缺錢好像都是去森林裡採集，不會去山上。」

「這樣啊。雖然早就預料到可能沒人去過了……」

畢竟這個冬天幾乎沒有採集家來賣採集物，本來就不意外會是這種結果。

或許只能靠我自己的知識跟經驗了？

只是學校實習課去的那座山難度比大樹海深處的山低上很多，我還是不由得有點擔心。

「店長閣下，妳先別急。我也不是單純被叫去跑腿的小孩，還是有問出其他有用的情報。」

「哦，是怎樣的情報？」

我這麼一問，艾莉絲小姐就得意地挺起胸膛，說：

「嗯。聽說安德烈他們的前輩不當採集家以後就住在南斯托拉格。找他打聽看看，應該可以問到什麼有用的情報吧。」

「——這是安德烈先生說的。」

看來似乎也不算是艾莉絲小姐問出來的，是安德烈先生主動建議她們去問問看前輩。

「凱特，妳也用不著多說這一句吧？難得可以把功勞算在我身上耶……」
艾莉絲小姐稍稍噘起嘴唇抱怨，然而凱特小姐並沒有特別放在心上，聳聳肩說：
「妳就別作夢了。我們要回報事實。」
「可是，我想趁這個機會表達自己是多少有點可靠的年長大姊姊……」
「咦？大姊姊？」
「我沒說錯吧！我比店長閣下大四歲耶！」
「…………的確，說得也是。」
「妳沉默得太久了吧！」
呃，可是艾莉絲小姐就真的沒有「大姊姊」的感覺啊。
我知道她比我年長，但體感上覺得她只比我大一兩歲。
而且有時候甚至會覺得她像有點需要別人照顧的妹妹……
至於凱特小姐——就是在各方面上都很有大姊姊的感覺了。像是她某個柔軟有彈性的地方。
「總……總之，先不說這個了。既然對方是住在南斯托拉格，就方便多了。反正我一定得找時間過去進貨。」
「唔……那就好。那店長閣下跟蘿蕾雅這裡有什麼進展嗎？」
艾莉絲小姐只短暫表達些許不滿，隨即交互看著我跟蘿蕾雅，詢問我們的進度。

「我做好幾個了。只是這些甜點有點太甜，不太適合在平常的時候吃。」

「我也做了一些能用現有材料做的東西。剩下的就要等買好材料再做了……對了，妳們有問到那個退休的採集家叫什麼名字，還有他家的詳細住址嗎？」

「唔……抱歉。我們只知道他叫馬雷……」

艾莉絲小姐一說完，就很過意不去地壓低了視線。

安德烈先生似乎也只聽說前輩會搬去南斯托拉格住，完全不知道對方現在的居所跟現況。

畢竟本來就有不少採集家是過著居無定所的生活，這也沒辦法。

「唔～這樣可能會比較麻煩一點，我就先問問看雷奧諾拉小姐是否可以幫忙查出對方的住處吧。順便問她能不能收購幾個我這邊的鍊器。」

有些在這個村子裡絕對賣不出去的鍊器搞不好到了南斯托拉格就會有人願意買，而且虧本賣也總比繼續堆在倉庫裡積灰塵好。

雖然這樣會對雷奧諾拉小姐有點不好意思，還是拜託她幫忙處理掉存貨吧。

「店長閣下，這次我可以跟著妳去嗎？我想盡量親自聽聽對方的說法。」

「我想想……艾莉絲小姐現在應該有足夠能力跟上我了。」

我本來就不認為可以當天來回，多花點時間也無妨。

再加上艾莉絲小姐有體能強化方面的才能，應該跟得上我的速度。

「那我們明天就先把時間用來做事前準備，後天早上再出發。」
於是，我隔天一大早就聯繫雷奧諾拉小姐談事情，又接著打包她願意買下來的鍊藥跟鍊器，以及過夜要用的換洗衣物。
凱特小姐跟蘿蕾雅也在幫忙準備防寒衣物，還有製作乾糧。
我們一反持續了好一段時間的悠哉生活，開始忙碌地東奔西走。
我多少會覺得這些準備有點麻煩，但畢竟是我接下的工作。
一想到完成這份工作會賺到一筆收入，還可以做些新東西，倒也是滿開心的。
不過，我們的事前準備卻意外遭到打斷。
——被打斷的原因出自一群闖進店裡的粗魯訪客。

No. 012

鍊金術大全：記載於第四集
製作難度：簡單
一般定價：1,000雷亞以上

〈完美營養食品〉

Eʋffl Gftffi Eftffi

鍊金術師需要日以繼夜地埋頭在自己的研究當中，而他們的煩惱——沒錯，就是進食。
想必有不少鍊金術師不想多浪費時間填飽肚子，只會隨便吃點簡單的食物。
可是這樣其實是不對的。畢竟要先保持身體健康，才能得出好的研究成果。
所以，建議各位最好找一個廚藝高超的搭檔來幫自己煮飯！
……咦？太強人所難了？
真拿你們沒辦法。找不到搭檔的人就來吃這個吧。

Episode 2

The Second Arrival

第二位訪客

「叫你們店長給我出來！」
一名語氣凶狠的年輕男子帶著一群看起來像流氓的五名男子走進店裡。
他看起來不到二十五歲，身高偏矮，身材微胖。從他應該是因為吃得不怎麼健康而造成的體型來看，他大概是富商或貴族吧。總之，麻煩事上門了。
我默默讓蘿蕾雅躲在我背後，往前踏出一步。艾莉絲小姐跟凱特小姐也往前走來我身旁。
「我就是店長，有事嗎？」
「哦，妳就是這間店的鍊金術師啊——長得還不錯嘛。」
男子臉上浮現的猥褻笑容讓我心裡湧現一股難以忍受的厭惡，我只能努力忍著不表現在臉上，保持正經神情。
「請問您有何貴幹？」
「我是吾豔從男爵。有人找我陳情，說他們昨天在這間店莫名挨了一頓揍。而且聽說妳們這些揍人的裡面還有個落魄小貴族。平民沒辦法處理這種紛爭，所以我這個領主才會特地親自來這裡一趟。」
自稱吾豔從男爵的男子瞥了艾莉絲小姐一眼，如此說道。

他說的落魄小貴族，該不會是指艾莉絲小姐吧？

她父親是騎士爵，階級確實不算高，可是她依然是個擁有身分地位的貴族。

而且她平常不會讓人看出自己是貴族，我也不認為一般流氓會認識艾莉絲小姐。再加上艾莉絲小姐跟凱特小姐的表情顯得很不悅，看來他的確就是吾黜從男爵本人。

也就是說，前幾天有客人在店裡大鬧是他刻意安排的戲碼……真麻煩。

——不過，也就只是很麻煩而已，不至於到很困擾。

我制止氣得吊起眉梢，準備上前理論的艾莉絲小姐，開口說：

「莫名挨揍？我可不記得有人在我這裡莫名其妙被打。我只有趕走在我店裡鬧事的流氓而已，那算是正當防衛。」

「喂喂喂，妳說他們是流氓也太難聽了吧。他們挨揍已經很慘了，還要被妳這樣侮辱啊？要是被害人控訴妳侮辱他們，我這個領主就得好好制裁妳嘍。」

我刻意笑得更燦爛，反駁笑容明顯不懷好意的吾黜從男爵。

「那還真是辛苦您了。不過，請您放心，這不是什麼需要勞煩到領主大人的大事。」

「啊？」

「鍊金術店裡發生的事情不適用領法。所以，領主並不需要特地耗費心思處理這件事。」

鍊金術師適用的不是領主訂立的領法，而是王國法。

這是國家基於希望全國各地都有鍊金術師的想法所採取的方針，因此不論領主訂立的法律再怎麼無理取鬧，都不影響鍊金術師的權利。

我鉅細靡遺地向他解釋鍊金術師適用不同法條，再跟他說：「請您幫我轉告『被害人』，他們應該要向王都的司法機關投訴，而不是向領主陳情。」吾豔從男爵瞬間面紅耳赤，氣得發出「唔唔唔」的聲音。

因為這種事情本來就不可能有必要去王都投訴嘛。

鍊金術店的人用暴力把平民趕出店外不是什麼需要驚動國家的大事，領主特地去王都投訴，等於是在明言整件事背後一定有詭。反正我沒做虧心事，而王都的司法機關也沒有腐敗到會判我敗訴。

但是，王國法當然還是不會輕易放過牴觸法條的人，有時候甚至規定得比領法還要更嚴格，所以也不是鍊金術師就能在審判中享有特權。

「話說回來，領主大人也真勤勞，竟然會為了這種小事情親自來現場處理。我看您在地獄焰灰熊攻擊我們村子那時候，倒是忙得抽不開身來幫忙呢。」

我調侃他當時甚至沒有在事後提供任何協助，他身後體格最魁梧的男子隨即大聲咆哮：

「混帳東西！妳閉嘴給我聽好，妳膽敢對吾豔大人這麼放肆——！」

似乎已經稍微冷靜下來的吾豔從男爵制止男子，揚起嘴角說：

「我這樣的大忙人，當然不可能只為了這件事就過來這座小村莊。有人挨揍只不過是順便處理的小事。我主要是聽說這裡有片藥草田沒有繳稅，才會『特地』親自過來查看情況。」

他這番話讓我不禁皺起眉頭。

關於約克村的稅金，我也曾聽耶爾茲女士說過。

這個村子的農業不算盛行，卻每年都會被徵收同樣金額的稅金，不會隨著收成量變多或變少。形式上比較像是繳人頭稅，然而領主認為這個村子小到不需要浪費時間計算跟管理人口，所以村子人口的增減並不會改變該繳的稅額。

而且領主訂定的稅額以約克村的收益來說是相當大的負擔，遠遠高過這個國家「人頭稅加上農地稅」的平均值。

聽說以前村子裡很熱鬧的時候還算繳得起，但是這幾年採集家人數變少，導致他們繳稅繳得非常吃力。

這大概也是為什麼艾琳小姐會特地擬定開拓藥草田的計畫，替村莊賺取穩定收入……

「開什麼玩笑！這個村子的農地明明就不需要繳稅！」

我保持沉默，艾莉絲小姐則是開口反駁吾豔從男爵，卻換來他的嗤之以鼻。

「哼。貧窮騎士爵家的鄉下小姑娘竟敢這麼囂張啊。領主本來就有權決定稅額。沒多少領地的窮苦貴族大概連自己有這種權利都不知道吧。妳現在待在這裡是來跟其他採集家有樣學樣嗎？

沒錢真命苦喔。」

吾豔從男爵笑著探頭逼近艾莉絲小姐挑釁，讓她氣得緊握拳頭。我輕輕牽住她用力到不斷顫抖的手，要她先冷靜。

實際上，領主的確有權決定需要繳稅的項目。

大多領地都會根據住戶人數規定人頭稅，還有依據商業規模大小繳交的商業稅，只有少數領地會徵收出生稅、成年稅、結婚稅、死亡稅這類比較特別的稅金。而這些需要繳稅的項目都是由領主來決定，同時是領主的重要權利。

金額也是大小不一，小的會小到跟手續費差不多，大的會大到一般人無法輕易付清。

據說某些領地會因為人民想要逃稅，而出現「名義上未成年的老人」、「一個人要自己賺錢繳稅才能在名義上出生」，或是「沒錢繳稅所以人沒有死」的情況。

因此，領主決定「藥草田要繳稅」並不會觸犯任何法條。

只能說很可惜，領主的權力就是大到可以在自己的領地上胡搞瞎搞。

——但是那不關我這種鍊金術師的事。

「您要一一決定領民該繳什麼樣的稅，一定得花不少心力吧。決定該繳稅的項目，的確是領主應有的職責。」

「哦，看來妳比那邊的鄉巴佬聰明一點。那——」

「不過，我們村子並不存在需要向您繳稅的藥草田。」

我微笑著打斷吾豔從男爵的話之後，他就皺起眉間，眼睛瞪著我。

「啊？妳在說什麼傻話，隔壁不就是藥草田嗎？」

「對啊、對啊！任誰去看，都看得出來是藥草田好不好！」

「妳以為用圍牆圍著就不會有人發現啊！」

吾豔從男爵用下巴示意隔壁藥草田的方向，他身後的那群男子也跟著大聲附和。我「呵呵」地笑了一聲，搖搖頭說：

「喔，那是我的田。鍊金術師的田不需要繳稅。」

正確來說是稅金會直接繳給國家，不會變成領主的稅收。

其實就跟採集家拿來賣的藥草一樣。要把藥草加工成要賣的鍊藥，才會賣多少就課多少稅，同理，藥草田本身並不會被課稅。鍊金術師的報稅手續比其他職業還要嚴格跟麻煩，相對的，我們可以得到來自國家的良好保障，所以稍微麻煩一點也還算能接受。

甚至還保障我可以跟來找碴的領主據理力爭。

「——看來連有大片領地的從男爵都不知道這件事呢。」

「唔唔唔……！」

我刻意挖苦吾豔從男爵，他就因為無法反駁而氣得滿臉通紅。

他嘴角扭曲，整張臉漲紅起來，其實還滿猙獰的……我這麼做，是因為我也在氣他瞧不起艾莉絲小姐。

洛采家的確比較窮，可是他們是願意在領民有難的時候伸出援手的善良貴族。

哪像吾豔從男爵雖然富有，在知道這個村子有難時卻視若無睹，實在無法與洛采家相提並論──不過，要是跟領主起爭執還不小心鬧大了，後續也會變得很麻煩。

我是因為他真的欺人太甚，才會忍不住回嘴。其實我們最好永遠不要跟他扯上關係。

──他吃癟吃成這樣，該乖乖摸著鼻子離開了吧？

只是我的願望並沒有成真，吾豔從男爵仍然不死心地繼續駁斥。

「妳……妳以為這樣就能不繳稅了嗎？我知道管理那片田的是這個村子裡的其他居民！」

「您這個邏輯還挺奇妙的。難道鍊金術師僱用店員來顧店，那間店就會變成屬於店員了嗎？鍊金術師僱用別人來幫自己做事，本來就是天經地義的事情。」

「竟然還敢回嘴！總之，這片土地是我的！妳也是我這片領地的領民！別在那邊鬼扯一些歪理了，給我乖乖繳稅！」

「不，您這麼說就錯了。鍊金術師不論在哪裡定居，都會被國家登記成王都居民，所以我並不是您的領民。」

這也是王國制定的政策。

王國當然不會允許地方領主搶走自己花費時間跟金錢培育出來的鍊金術師，所以基本上所有鍊金術師都會被國家登記成王都的居民。

這也是鍊金術師繳稅的對象會是國家的原因。

只有貴族是例外。相對的，貴族會無法領到就學準備金，而且得承擔一件幾乎是義務的事情——也就是成績再怎麼優秀，還是得推辭獎勵金。

但是貴族鍊金術師經營店面依然要向國家繳稅，因此可以直接當作基本上所有鍊金術師都歸國家管。

「吾黜從男爵，這樣您聽懂了嗎？」

我對他詳細說明領主沒道理逼迫鍊金術師繳稅，然而，我換來的卻不是一個擁有良知的成熟大人應有的反應。

「妳可別因為自己是鍊金術師就踐到我頭上來！而且妳也只不過是個剛當上鍊金術師的臭小鬼！區區一個平民別想跟領主頂嘴！」

「唔……」

吾黜從男爵用力踏地，開始口出惡言。

呃，嗯，我本來就知道不應該期待他會有良知。

不過，他拿我是平民這一點來說嘴，我就有點不好反駁了。

就算鍊金術師受到王國法保障，社會地位也很高，仍然不會跟貴族劃上等號。

雖然師父在貴族面前一樣很目中無人，可是那是她的個性使然。

真的跟貴族起衝突的時候，國家還不一定會優先幫我這樣的小鍊金術師。

正常的貴族不會刻意跟鍊金術師作對，只是很可惜吾豔從男爵實在不像正常人，我還得考慮到這個村子是他的領地……

要是我賭氣想爭個輸贏反而害我的熟人遭到波及，就本末倒置了。

我現在其實滿肚子氣，但也不是不能藉著給他一點好處來讓這整件事圓滿落幕。

我正在考慮要不要乾脆隨便抓一把藥草給他了事的時候，在我身後跟凱特小姐說悄悄話的艾莉絲小姐臉上忽然浮現從容的笑容，並往前踏出一步。

「吾豔從男爵，你剛才說店長閣下是平民，但其實我跟她已經訂婚了。而且我們家族也打算等順利成婚以後，再把繼承人的地位轉讓給她。也就是說，店長閣下等於是洛采家下一任當家。我認為你對她的言行稍嫌失禮了。」

「什麼？」

「……咦？」

我從沒聽說這回事。

幸好吾豔從男爵沒有發現我不禁發出的小聲驚呼，直接大喊：

「妳們兩個女的要結婚？聽……聽妳在放屁！」
嗯，我懂他為什麼會覺得是在說謊。
法律的確沒有明文禁止同性婚姻，可是也不普遍。尤其平民不可能有錢買天價的鍊藥，一般絕對不可能考慮無法留下後代的同性婚姻。
凱特小姐在聽到吾豔從男爵這聲吶喊後露出彷彿一切全如她預料的笑容，跟艾莉絲小姐一樣往前走了一步。
「哎呀，你說這種話不怕招惹到誰嗎？比如……菲爾姆斯侯爵家。」
「呃！咳……咳咳！我……我今天嗓子好像怪怪的！」
吾豔從男爵一聽到凱特小姐小聲提及的名字，就睜大雙眼往後退一步，甚至還刻意清了清喉嚨，眼神也不斷游移。
「妳……妳們可不要自己聽錯還傳給全天下知道！」
他著急地快速講完這句話，就立刻轉過身，準備離開。
「我……我今天就先告辭了！喂，你們也是，走了！」
「「「遵……遵命！」」」
他翻臉的速度比翻書還快，連他身邊那群流氓都跟我一樣一臉困惑，但他們還是連忙跟著吾豔從男爵離開。

我啞口無言地看著他逐漸遠去的背影，並在響起關門聲以後輕輕吐出一口氣。

「……已經沒事了嗎？」

「啊，嗯，沒事了。蘿蕾雅，妳應該很害怕吧？」

「不會，因為妳們都站在前面保護我。」

「這樣啊。」

雖然她說不害怕，可是剛才是一群明顯居心不良的男人來店裡示威。

我還是很擔心她是不是在逞強，便回頭確認她的情況——

「等等，蘿蕾雅，妳手上怎麼拿著那些東西？」

她兩隻手裡拿著我跟艾莉絲小姐的劍。核桃也在她頭上。

根本已經準備好隨時應戰了。

「想說應該用得到。」

「是……是嗎？應該再怎麼樣都不會吵到要拿著劍在店裡打起來啦。」

我就覺得背後好像有人在偷偷做什麼，原來是她去裡面拿武器出來。

她臨機應變的能力真好。看來也沒必要擔心她精神受創了。

「蘿蕾雅妳想得真周到。店長閣下或許不用劍也可以應戰，但憑我的實力實在很難赤手空拳跟人打架。」

「咦～我再怎麼厲害，也沒辦法赤手空拳去揍那些壯漢啦——」
我一個女生赤手空拳就能打過那些壯漢這種事情傳出去，會有損我的形象。
我自己也覺得很強的女劍士聽起來很帥，可是很少有人喜歡用拳頭把肌肉男揍飛的女生吧？
所以我打算反駁她——
「哎呀，艾莉絲，妳聽聽某個用腳踹死地獄焰灰熊的人說了什麼。」
「剛才那些人的確很壯，可是也遠遠比不上地獄焰灰熊……」
如果把他們裡面最壯的人跟地獄焰灰熊擺在一起，的確會顯得很瘦弱。
艾莉絲小姐跟凱特小姐說得太有道理，我只好換用其他理由來抗議。
「——因為會害我把手弄髒。」
「哦，原來珊樂莎小姐很有自信一定會贏啊。太厲害了。」
蘿蕾雅點點頭表示佩服。看來我不應該用這個理由才對。
我明明是想表達自己不是那麼暴力的女生，怎麼反而愈描愈黑！
我想說的是「我不會揍人」跟「不需要為那些人弄髒我的手」啊！
要是傳出去搞得大家都以為我是這麼暴力的人，會害我找不到交往對象啦！
「我……我不是很有自信一定會贏。我才不會隨隨便便就動粗，基本上都是先嘗試溝通。」
——除非對方是罪犯。全世界的盜賊都該死，沒什麼好說的。

「嗯，我們都知道。而且殺死貴族的私兵會惹禍上身！」
「我……我還是會手下留情的好不好！——不……不對！我才不會輕易動手打人！」
「我記得前幾天才有一群流氓被店長閣下痛打一頓。」
「那……那是因為我聽到蘿蕾雅大叫……」
會對女生動粗的人本來就活該被打吧？
那是他們自作自受吧？不是我的問題吧？
「那不就是有人對蘿蕾雅動手，妳就會氣到反擊對方嗎？而且妳也不是百分之百有辦法手下留情。妳想想看當初那隻熔岩蜥蜴。」
「唔！」
被我砍斷頭的那隻嗎……
那次是因為劍比我想的還要鋒利。
也就是說，我在赤手空拳的狀態下就不會失手……不對，不能用拳頭揍人啦！
不可以自相矛盾！
「總之，那些傢伙是因為我臨時想到的妙計才逃跑的吧！」
「……我姑且先向妳道謝——但我是第一次聽說我們訂婚了。我不記得之前提到這件事的時候我有答應啊？」

我對得意洋洋的艾莉絲小姐道謝，同時不忘挖苦她的擅作主張。艾莉絲小姐跟凱特小姐跟彼此對望，並垂著眉角，顯得有點傷腦筋。

「抱歉。不過，店長閣下不只幫我們扛下債務，還特地花了很多錢跟心力救我們逃離那個洞窟吧？」

「可是我們卻一直沒辦法報答妳。所以夫人也說把艾莉絲送給店長小姐都不夠報答妳的恩情，但其他有價值的東西就只剩下洛采家當家的地位了。」

等等，當家的地位不應該隨便讓給外人吧？

那是貴族家庭最重要的寶物耶。

——我先說，我這麼講的意思並不是艾莉絲小姐就可以隨便轉讓給別人。

「其實我們本來想等時候到了再跟妳談這件事，誰叫那個人渣一直在胡說八道，才會不得已先講出來。」

「凱特小姐，妳的措辭有點太激動了喔。但我不是不能理解妳的心情……我自己是覺得妳們一直以來已經幫了我很多忙了。」

像是幫我收集需要的材料，或是在我缺人手的時候來幫忙。

而且有她們兩個採集家在店裡也能對不懷好意的人起到嚇阻作用，一定比店裡只有未成年的蘿蕾雅跟剛成年的我還要安全許多。

雖然我有能力應戰，房子也有防盜的刻印，是不太需要擔心出什麼大事，可是當然最好還是讓那些壞人不敢輕舉妄動，省去應付他們的麻煩。

「我很高興妳認為我們對妳有幫助，不過，我們還是需要給妳一份外人看得出來的具體回禮。」

「因為地位低的貴族也會不希望帶給別人忘恩負義的印象。」

「這……我大概知道妳們的意思，可是……」

要是被別人認為洛采家會知恩不報，很可能就無法在危急時刻得到其他貴族的幫助，也會變得非常難在重視名聲的貴族社會裡生存。

可是，我實在承擔不了接下洛采家當家的頭銜。

或許這就代表他們對我心懷感激到不惜用家族最重要的寶物來報恩……只是說真的，這樣我會有點困擾。

「唔唔……」

蘿蕾雅朝著不知該如何是好的我表達感嘆。

「哦～所以珊樂莎小姐以後會變成貴族嗎？這應該……算是很特別的一件事吧？」

「要說特別，好像也的確是滿特別的。因為這個國家很少會出現新的貴族。」

有些國家只要有錢就能買到貴族身分，但是想成為這個國家的貴族，就必須先擁有夠偉大的事蹟，否則連貴族的邊都沾不到。

然而平民不可能有足夠實力在戰爭中立下大功，而且這個國家很長一段時間沒有戰爭了，自然也沒機會爭取戰功。

有一種鑽漏洞的方法是像洛采家之前中的圈套那樣，故意入贅或嫁進被債務壓得喘不過氣的貴族家庭，等於實質上是用錢買下爵位。只是這種方法也不會讓貴族的總數變多。

而且國家本來就不會隨便允許國內出現新的貴族家系。

沒有多出新領地，卻輕易授予爵位給人，只會造成國庫的負擔。

尤其授予貴族身分以後會很難再把對方貶回平民，國家當然會先經過審慎考量。

「不過，變成貴族也不是只有好事喔。畢竟還要承擔責任跟貴族要做的工作。」

正常的貴族家系更是如此。即使是貴族，也可能像洛采家那樣為了救濟領民而扛下龐大負債。論當貴族的好處，大概就是可以比平民得到更多人的信任吧。

「如果是不能傳承給後代的爵位，可能還會比較好拿到。」

「有些爵位甚至只有名聲而已，連年金都拿不到，所以……我們也不知道爵位大概有多少價值呢。」

「艾……艾莉絲小姐，那，洛采家是不是算地位很高的貴族了？」

「不，我們洛采家雖然比他們好一點，也一樣只是階級偏低的貴族。」

「可是，洛采家的爵位是可以繼承的吧？你們真的不會介意……把爵位轉讓給沒有血緣關係的珊樂莎小姐嗎？」

「不會，因為我們很信任店長閣下的為人。只是也不至於願意讓店長閣下跟其他人結婚生下的孩子來繼承洛采家，但傳給她跟我的孩子就沒問題了。如果店長閣下不想面對婚姻跟領主的職責，也可以只要表面上跟我結婚就好，其他事情繼續交給我們家族處理。還是不願意的話，也可以只生孩子──」

「等等，妳這樣講得好像生小孩很簡單一樣！兩個女生要生小孩幾乎是難如登天耶！」

妳這樣一口氣拋棄太多一般觀念了喔。

而且我不像艾莉絲小姐會因為貴族身分考慮跟自己沒興趣的對象結婚，我一直都打算要像媽媽那樣跟相愛的夢中情人結婚。

……雖然我也知道她這個年紀的人很難再慢慢等夢中情人出現，常常會以利益來決定要不要跟對方結婚。

愛情是一種甜點。換句話說，缺少主食的愛，只會讓人在愛情中窒息而亡。

「店長小姐，真的束手無策的話，其實也可以收養維絲提莉亞跟嘉德雷亞的小孩，所以妳不用太煩惱這個問題。」

「妳要我怎麼不煩惱……話說，我記得她們是艾莉絲小姐的妹妹吧？」

「嗯！她們都是我可愛的妹妹！等妳來我家，我再介紹她們給妳認識！她們一定可以跟店長閣下變成好朋友。」

我不曾見過艾莉絲小姐的妹妹，但聽說十歲的維斯提莉亞個性跟艾莉絲小姐很像，很活潑；小她兩歲的嘉德雷亞則是很文雅。

她們的意思似乎是厄德巴特先生還有其他兩個親生女兒，所以我跟艾莉絲小姐沒辦法生小孩，也不會導致洛采家斷後。

可是就算只是表面上跟她結婚，我還是會變得更難跟男性結婚啊！

貴族身分跟平凡的結婚生活——

把兩者放上天秤的話，從商人的角度出發會偏重前者，從女性的角度出發會偏重後者。

唔唔唔……好難決定。

「……我知道了。我會再仔細考慮看看。」

洛采家需要給我具體的謝禮才不會損及面子，他們應該不希望我拒絕到底，而且也不是非得要我馬上決定。

反正在還債過程中情況應該也會出現一些變化，現在先暫時擱置這個問題也沒關係吧？

我自己是打算先把心力都集中在鍊金術師的工作上，再加上我目前也沒有心上人。

「我現在比較在意凱特小剛才為什麼會提到那個……是菲爾姆斯侯爵家嗎？」

「喔，剛才提到的嗎？其實菲爾姆斯侯爵家的現任當家就是跟同性結婚的女性。」

「「……咦？」」

我擁有跟貴族相關的知識，但也不代表我很熟悉實際上的貴族社會，也沒有認識對貴族社會的消息很靈通的熟人。所以我跟蘿蕾雅都很訝異真的有貴族是同性婚姻，而且還是地位非常高的侯爵。

「不是情婦或她特別喜歡的小妾嗎？」

不過，上流貴族本來就容易有複雜的感情關係。

如果是我想的那樣，倒還有辦法理解。然而，凱特小姐卻緩緩搖頭，否定我的疑問。

「是正室。而且她好像沒有側室——雖然無從得知女當家的情況是不是也叫側室。」

「沒有側室的貴族滿少見的。」

「是啊。明明貴族通常會娶好幾個老婆。但我也不知道同性婚姻是否普遍不會娶側室。」

「也是，畢竟案例太少了。」

先不論實際上的案例算不算少，但看來凱特小姐在艾莉絲小姐跟我提到結婚的可行性之後，就去調查了很多相關消息。

而她在途中打聽到在繼承爵位之後跟同性結婚的菲爾姆斯侯爵。

先跟同性結婚才繼承爵位倒還好，如果是已經繼承爵位的人要結婚，就很容易受到眾多阻礙，還會牽涉到利益問題。

菲爾姆斯侯爵打算結婚時也遇到不少人嘗試插手，害她們得面對各種阻礙——聽說她們是經歷一番波折，才終於能跟彼此結婚。

所以菲爾姆斯侯爵會很同情有相同遭遇的人，有必要的時候還會幫助同性情侶，甚至不惜對妨礙跟侮辱她們的人強烈施壓。

「她在貴族的社交圈裡好像算滿有名的。幸好那傢伙也知道她的名號。」

「畢竟那傢伙只是從男爵。要是他說的話侮辱到侯爵家當家，還被當事人知道，搞不好就準備家道中落了。」

「尤其他講的話不只會侮辱到艾莉絲，還會侮辱到所有同性情侶。」

「所以他才找藉口說『自己嗓子怪怪的，才會講話講不清楚』，是嗎？」

要是可能影響到整個家族，那他的確只能想辦法裝作自己沒說過……

艾莉絲小姐對嘆氣的我露出苦笑。

「他講那麼大聲，說自己嗓子狀況不好也太牽強了。」

「但是也沒有第三者在場，沒辦法跟別人證明真的不是我們聽錯。」

「哇……原來真的有女生會跟同性結婚啊。」

蘿蕾雅說這番話時的表情像是有點震驚，又像是有點困惑，相當複雜。凱特小姐竊笑著說：

「也有男生會跟同性結婚喔。只是人數比女生少。」

「貴族的世界好神奇……不過，既然有人願意幫助同性情侶，那她們就不用太擔心真的需要幫助的時候會求助無門了。」

「是啊。而且我們真的找她幫忙的話，我跟店長閣下大概就會結婚結定了。」

「……咦？會這麼誇張嗎？」

「這不是很理所當然嗎？我們用想要結婚的理由去找她幫忙，忙到最後卻又說自己根本沒有想要結婚的意思，她搞不好會直接搞垮我們洛采家。」

「的確。如果是結婚過後又離婚就算了，連婚都不結等於是害她白忙一場。」

先不論最後決定不結婚的理由是什麼，至少那樣很可能會被人當作透過話術利用侯爵家。騎士爵家對侯爵做這種等於是故意找麻煩的事情，大概會三兩下就被除掉吧。

侯爵家跟騎士爵家的權力差距就是這麼懸殊。

我同意艾莉絲小姐的說法之後，蘿蕾雅連忙搖搖頭，說：

「這……這樣的確是不能隨便找她幫忙。珊樂莎小姐、艾莉絲小姐，那妳們就要想辦法避免找她幫忙處理從男爵的問題了吧！」

「沒關係，只要用她的名字牽制對方就好……不過，我本來以為吾豔從男爵應該是更陰險狡詐的人……可是怎麼總覺得他好像沒什麼內涵？」

照理說，領主都應該要知道跟鍊金術師相關的法條，他卻是一問三不知。
從洛采家借據的契約內容上可以一窺其狡猾之處，在這裡卻完全感受不到。
他那樣與其說是貴族，更像是——
「感覺他很像一群流氓的老大。」
「對！就是那種感覺！」
艾莉絲小姐說中了我想表達的感覺，我不禁輕拍雙手表達同意，連蘿蕾雅也不斷點頭認同她的形容。
「而且語氣也是一下很正經，一下又很粗魯。」
「嗯，的確。他真的是貴族嗎？」
他或許是刻意想用高高在上的語氣說話，可是稍微激動一點就破功，變得像是一般小流氓。
就算不考慮身分地位的問題，菲力克殿下那張不曉得在想什麼的笑容，也真的比大聲叫囂的吾豔從男爵恐怖多了。
從男爵大概是瞧不起我們才會擺出那種態度，但仍然看得出來他沒什麼內涵。
「蘿蕾雅，他是很典型的貴三代。」
「貴三代？」
「對。上上一代領主把原本只是鄉村小鎮的南斯托拉格治理成大城鎮，上一代再接著穩定經營下去，但現任的吾豔從男爵就算想講得好聽一點，也只能說他是個隨處可見的平庸之人。」

「講得好聽一點也只是平庸之人嗎？」

「對。上一代治理的時候——差不多是十年前吧，還傳出要晉升他們家的爵位，讚揚上上一代的功績呢。可是這一代的從男爵害得升爵這件事被取消了。聽說當時已經是繼承人的他闖了大禍，還鬧得差點要廢除他的繼承權。不講好聽一點的話，就要說他是個天大的蠢蛋了。」

「這……這樣啊……」

我被凱特小姐凶狠的評語嚇得有點愣住了。

不過，也難怪她會這麼評論吾豔從男爵。

我是第一次親眼見到他，他給我的印象只能用直性子來形容。

像艾莉絲小姐這種本性坦率善良的人是直性子倒還好，可是個性偏差的直性子就……真虧他到現在都還沒弄丟貴族身分。

明明貴族社會常常在互扯後腿。

「總之，他說穿了就是個腦袋空空的笨蛋跟人渣，還是個無法分辨是非的繼承人。洛采家因為領地與其相鄰，很難沒有交流，但他真的是個讓人想盡可能避免跟他扯上關係的傢伙。」

凱特小姐激動到用詞真的開始變得毫不留情，艾莉絲小姐也苦笑著聳了聳肩。

「那我就更不懂他寫給洛采家的借據怎麼會寫得那麼狡猾了。文件可能是找專家寫的，可是又是誰會計劃在契約裡搞鬼？」
若是我沒有插手介入，洛采家大概早就被從男爵搶走實權了。然而他們的借貸契約內文卻精明到即使我插手攪局，也不會造成吾豔從男爵的損失。
請專家幫忙的話，對方應該會照著指示寫好契約文件，但我實在不認為那個專家會特地建議從男爵要怎麼瞞騙洛采家。
「不曉得是有人建議他，還是他身邊有很高明的副手……看南斯托拉格沒有被他治理得一團亂，可能是後者？」
「大概是吧。那傢伙很明顯是個做事不經大腦的笨蛋。他這次來找麻煩……會不會是沒跟副手商量，就擅作主張？」
其實有一個厲害的副手幫忙實現吾豔從男爵想到的餿主意——
就我跟從男爵實際對話的感覺來看，的確非常有可能存在這號人物。有厲害的副手對從男爵來說是好事，在我們眼中卻是大麻煩。
「這樣我會有點不放心我們長時間不在店裡。」
花幾天時間外出購物是還不至於太擔心，可是採集米薩農的根最快也要一星期以上才能回來，運氣不好的話，甚至得讓蘿蕾雅獨自顧店一個月以上。
攻擊鍊金術店，等於是在挑戰訂立保障鍊金術師政策的國家權威。

下令攻擊的人必定會受罰，搞不好連他們家的從男爵爵位都會被廢掉。

就算想壓住消息，也很難避免消息在很多採集家滯留的村子裡傳開。

有點腦袋的人應該不會想做這種蠢事，可是我能相信吾黜從男爵會這麼聰明嗎……？萬一蘿蕾雅在我們不在的時候受傷或被抓去當人質，到時候再怎麼後悔也來不及了。

「的確……店長閣下，要不要考慮帶蘿蕾雅一起去？」

「妳說帶我去，是帶我一起去冬天的山裡嗎？」

她也一起來是不用擔心她出事沒錯，可是──

「艾莉絲小姐，妳是不是太小看冬天山上的環境了？」

「我也不曾在冬天的時候上山，要說我太小看危險性，我也沒辦法反駁。但是，究竟是讓蘿蕾雅跟店長閣下一起上山比較危險，還是讓她獨自留在店裡比較危險？」

「唔……」

如果絕對不會有人來鬧事，當然是留在店裡比較安全。

可是萬一真的有人來鬧事，就會非常危險。

可能遇襲的風險，跟冬天上山出意外的風險──

論哪一種比較危險……會派人來惹事的是那個做事不經大腦的人，冬天的山上可能多少安全一點吧？

「店長小姐，妳要不要問問看蘿蕾雅怎麼想？畢竟這攸關她自己的安全。」
「……說得也是。蘿蕾雅，妳想留在店裡，還是跟我們來？」
仔細想想，蘿蕾雅說不想跟我們來的話，我也不能逼她一起走。
凱特小姐說的很有道理。而我一看向蘿蕾雅，就發現她的神情意外開心。
「我也想跟妳們去！」
「……咦？」
我還以為她會說自己不想做這種危險的事情。
「真的嗎？冬天的山上很危險，也很冷喔。妳不需要勉強自己跟著我們上山。」
我擔心她是怕我們不放心才想跟來，又問了一次她的想法。蘿蕾雅很明確地搖搖頭，用相當正經的表情凝視著我。
「珊樂莎小姐還沒來我們村子的時候，我一直覺得自己大概一輩子都會在我們村子裡當個雜貨店的店員。可是，自從珊樂莎小姐來到這裡，我的生活就出現了很大的轉變。」
她露出笑容，接著說：
「我不只換來這間店工作，也學到了很多新知識。而且多虧有妳教我怎麼用魔法，我現在多少會用了。所以，我想挑戰更多我不曾做過的事情！」
「這樣啊……」

聽到她親口對我這麼說，我也無法反駁。

蘿蕾雅的確算是我的徒弟，但是我沒有不斷要她照我的指示去做，只有用誇獎的方式促進她的學習動力。我希望她可以隨心所欲地嘗試自己想做的事情。

「好。那，我們也得去跟達爾納先生解釋一下為什麼要帶她去。」

因為我當初是基於她在我這裡工作會比在雜貨店工作安全，才會僱用她，結果現在卻要讓她去做危險的事情。

——我本來是這麼想的，不過……

「珊樂莎小姐！」

「啊，是！」

蘿蕾雅很難得會用這麼強烈的語氣叫我，讓我不禁挺直了身子。

「我很高興妳會顧慮我爸媽的心情，可是也請妳不要太把我當成小孩子看！畢竟我已經是這間店的正職店員了……對吧？」

蘿蕾雅的語氣很堅定，但最後還是有點不安地向我確認她有沒有說錯。

「啊，嗯，那當然！」

「那麼，妳就不需要把跟工作有關的事情一一跟他們報備了。就算真的需要，也應該由我自己跟他們說！」

可是，蘿蕾雅是我僱用的店員。

雇主應該有責任親自告知家長吧？

「……艾莉絲小姐跟凱特小姐怎麼想？」

我詢問現在在場的兩個成年人。

「我比較認同蘿蕾雅的想法。要是每次有新工作就要去問家長同不同意讓孩子去做，根本什麼都做不了。雖然蘿蕾雅還沒成年，的確會讓人有點猶豫該不該告知……」

「可是達爾納先生都允許她在這裡工作了，應該也很清楚可能有什麼風險。而且人離開家以後，本來就得靠自己的判斷面對人生。店長小姐離開孤兒院之後，是經過誰的允許才會決定來當鍊金術師嗎？」

「不是，是我自己決定的。」

自從父母雙亡，被送去孤兒院以後，我都是自己決定自己該做什麼。

我頂多跟院長談過我想考鍊金術師培育學校，那是因為我必須請其他孤兒幫忙分擔工作。

而且院長也只有替我加油，並不是「允許」我去考鍊金術師培育學校。

這樣想想，應該她們的想法才是對的。

……嗯，反正我也不是死腦筋的老人家。

我很願意吸收別人的意見。

「好。那我以後就會把蘿蕾雅當成大人看待，不會主動跟達爾納先生報備任何事情。」
「珊樂莎小姐！謝謝妳！」
「不過！」
我立刻豎起手指，指著露出開心神情的蘿蕾雅。
「妳突然不見人影還是會害父母擔心，所以妳以後要出遠門時，都要記得自己告訴他們。」
「好，當然沒問題。請妳儘管放心。」
「嗯，那就麻煩妳跟他們說一聲了——那，艾莉絲小姐，雖然剛才有人來搗亂耽擱到我們準備的時間，但我們今天還是早點睡吧，這樣明天才會有精神。」
而且我也很需要她有精神跑一段不算短的路程。

◇◇◇

南斯托拉格依然相當繁榮——完全想像不到治理這裡的領主是那副德性。
我帶著因為這樣而隱約露出複雜神情的艾莉絲小姐前往雷奧諾拉小姐的店，而在店裡迎接我們的不只有雷奧諾拉小姐，還有菲利歐妮小姐。
「雷奧諾拉小姐，妳好。這次要麻煩妳幫忙了。」

「歡迎妳們來。」

「好久不見了，珊樂莎。她就是妳提到的艾莉絲妹妹吧？」

「艾……艾莉絲妹妹……菲……菲利歐妮閣下、雷奧諾拉閣下，請兩位多多指教了。」

艾莉絲小姐似乎沒料到會有人這麼稱呼她，很不知所措地眨了眨眼。

但她一看到菲利歐妮小姐和善的笑容就不再遲疑，直接向她們打招呼，並沒有針對稱呼多說什麼。

「我們是第一次像這樣直接見面呢，艾莉絲。聽說妳好像幫了珊樂莎很多忙。」

「不，反而是我比較常受到她幫助。而且……雷奧諾拉閣下也幫了店長閣下不少忙吧？」

「呵呵呵，會嗎？總之，先讓我看看妳們帶來的東西吧。」

「好。那麼——」

我用師父送我的背包裝了一些鍊藥跟小型的鍊器。

我一把背包裡的東西放上櫃檯，雷奧諾拉小姐就一一拿起來查看。

「嗯、嗯，我想想……這個價格怎麼樣？」

「……雷奧諾拉小姐，這個價格會不會有點太高了？」

她給的收購價幾乎等於跟店家購買的價格。即使她能賣掉跟我收購的所有東西，也賺不了多少錢。只要有一種沒賣出去，就一定會虧錢。

所以我才會要她算便宜一點。雷奧諾拉小姐隨即苦笑著說：

「妳會缺錢是因為我介紹諾多委託工作給妳們，不是嗎？妳就讓我多少資助妳一下，當作補償吧……喔，對，我制裁過諾多了，妳放心吧。」

雷奧諾拉小姐說完揮了揮自己的拳頭。

她在介紹信上寫的「制裁」果然是拳頭伺候嗎？我往菲利歐妮小姐瞥了一眼，她就苦笑著回答：「她的確往諾多身上揍了很紮實的幾拳。」

聽說諾多先生回王都之前，有先來這裡找好心介紹他來找我的雷奧諾拉小姐報備上次受困的來龍去脈。

單論他會特地報備是自己闖禍這一點來看，他的確是個「有正常思維的成熟大人」——但實際上並不是。

不對，應該說，就是因為他只有在某些方面上的思維異於常人，才反而更麻煩。

如果他純粹是個很惡劣的人，倒還有辦法下定決心斷絕往來，然而他偏偏不是壞人。

雷奧諾拉小姐說不定也是因為這樣，才會繼續跟他來往？

「……好吧，雖然有點過意不去，那就麻煩妳用這個價格收購了。」

「沒問題、沒問題。不用這個價格跟妳收，我反而心裡過不去。我也要向艾莉絲說聲抱歉，接那傢伙的工作害妳吃了不少苦吧？」

「我是很想說客套話……可是老實說，是真的滿折騰的。除了被他害到困在洞窟裡面以外，他要我們活捉好幾隻熔岩蜥蜴也是很累人。」

艾莉絲小姐不知道是不是想起了當時的情景，眼神遙望著不存在的遠方。

我也聽說過諾多先生那時候硬要她們做些很無理取鬧的事情，聽得我都忍不住眼眶泛淚了。

雖然要活捉熔岩蜥蜴的確只能那麼做，但是諾多先生過分就過分在他沒有選擇放棄活捉，而是堅持捉完自己想要的數量。

不知道雷奧諾拉小姐是不是沒聽諾多先生提到這件事，她挑起眉毛，表情略顯不悅。

「他還逼妳們做那種事情？——我真應該再多揍他幾拳。」

「是啊。他應該要多學學什麼叫做適可而止。」

菲利歐妮小姐臉上掛著微笑，眼神卻很明顯有殺氣。

給人穩重印象的她跟雷奧諾拉小姐曾用高超的話術跟都仕·窩德收購債權，實力不可小覷。

「哈哈哈，這就交給妳們來決定了……」

反正我們不會再遇見諾多先生了。

——應該不會吧？一定不會再遇到他了吧？

……嗯，還是多少提防一下好了。

而且也多虧他的介紹，我們才有機會認識菲力克殿下。只是我也不知道這算好事還是壞事。

「對了，南斯托拉格最近有什麼變化嗎？」

「……？我想想，也沒什麼特別的變化。頂多就是窩德商會內部有點亂。他們最近這樣匆匆忙忙的，應該是跟艾莉絲老家那邊有關係對不對？」

「虧妳會知道這件事。我記得應該沒怎麼對外公開……」

展開調停必然會有些消息外流，但是債務糾紛傳出去不好聽，洛采家當然會閉口不提。再加上洛采家本來就是沒沒無聞的貴族，不會有人想傳他們的八卦。

吾豔從男爵也不可能大肆宣揚，因為這場調停表面上講得再好聽，也不改實質上是他吞敗的事實。

明明不可能對外張揚，雷奧諾拉小姐卻能精準掌握這個消息，只能說她消息真的非常靈通。

「因為消息不靈通的話，很難在這種城鎮裡面做生意。窩德商會本來在都仕・窩德被處理掉以後就沒落了，不過……」

菲利歐妮小姐接著雷奧諾拉小姐的話說下去。

「繼承商會的野仕・窩德好像開了很多空頭支票。那些空頭支票都在不久之前確定跳票了，聽說還因為這樣丟了很多利權。」

我知道是為什麼。調停成立以後，他就不可能透過跟艾莉絲小姐結婚賺取更多利益。

因為就算是沒沒無聞的貴族，地位還是跟平民差非常多。

他當時大概是想藉著貴族的名號重振窩德商會，可是想也知道用這種強硬手段起死回生，一定會在失去貴族名號這個靠山之後跌得比原本更慘。

「那，窩德商會現在怎麼樣了？」

「還沒倒閉。他們現在規模變得非常小，感覺是勉強撐著——明明一年前還是個規模很大的商會呢～」

菲利歐妮小姐發出「哈哈哈」的開朗笑聲，雷奧諾拉小姐也聳了聳肩。

「都仕・窩德把歪腦筋動到珊樂莎身上，就是整個窩德商會沒落的導火線。」

「是嗎？只靠我一個人的話，我應該只能給他們一點小影響而已。是多虧兩位的努力，才能讓窩德商會走上沒落這條路。」

如果只有我一個人對付窩德商會，頂多勉強把都仕・窩德趕出約克村。

我能賺他的錢賺得荷包滿滿，都是拜雷奧諾拉小姐所賜。而且也是有她們兩個聯手出擊，才能「解決」掉都仕・窩德這個窩德商會的最大支柱。這部分我並沒有提供任何協助。

「也對。畢竟珊樂莎經驗不夠老道，還沒辦法對付那些老奸巨猾的垃圾。」

「不過，如果說害窩德商會開始沒落的是我們，那把開始沒落的窩德商會一巴掌打進谷底的就是艾莉絲妹妹嘍？」

話鋒突然轉到艾莉絲小姐身上，讓她不禁挑起眉毛，連忙揮動雙手否認。

「我……我嗎？說來害臊，我——應該說我們洛采家根本沒做什麼，都是店長閣下幫我們搞定的！」

「所以壓垮他們的最後一根稻草是珊樂莎是嗎？」

「也沒有那麼誇張啦。我只是幫忙除掉拖住艾莉絲小姐的障礙而已，不像兩位有能力把商會逼到落得現在這步田地。」

「妳太謙虛了啦～妳不是還把吾豔從男爵也逼急了嗎？跟貴族起糾紛時，很少有人能像妳這麼厲害。」

「那也不算是我的功勞，我只是請熟人介紹調停人去幫洛采家——」

我們三個人聊著聊著，站在一旁的艾莉絲小姐就尷尬地小聲說：

「在我看來，妳們就只像是在互相裝謙虛而已……」

艾莉絲小姐這番還真有點難否定的感想使得我們彼此面面相覷。

我並沒有主動說些什麼，是她們先把我捧得太高，我才不得已開口解釋……或許在旁人眼中難免會顯得是在裝謙虛？

而且也真的讓艾莉絲小姐誤會了。

「哎呀，艾莉絲妹妹，我不會要妳藏好心裡的想法，但是妳得要更小心一點，才不會又受騙上當。我看妳現在好像在摸索『一些事情』是嗎？」

菲利歐妮小姐笑著說出聽起來是在暗指某件事情的話，使得艾莉絲小姐有一瞬間不知道該怎麼回話。

「唔。原……原來妳的消息靈通到這個地步。我們洛采家跟店長閣下——」

「話……話說，我們剛才提到的吾豔從男爵昨天有跑來我店裡。」

雖然似乎是為時已晚，我還是連忙避免她們聊起麻煩的話題。

我強行把話題轉到我想跟雷奧諾拉小姐打聽的事情上。

「跑去妳店裡？是他本人嗎？」

我點頭肯定雷奧諾拉小姐語氣聽起來很意外的疑問，接著說：

「對。他突然跑來我店裡找碴……可是他給我的感覺就像是個小流氓，一點都不像是會用狡猾圈套刻意算計洛采家的人。」

「那傢伙直接跑去妳那裡啊……對了，菲，那個老伯現在是不是不在？」

「是啊，他應該出遠門了。大概就是他不在，那傢伙才會去惹事。」

雷奧諾拉小姐跟菲利歐妮小姐對彼此點點頭，似乎是想通了什麼事情。

然而我跟艾莉絲小姐完全摸不著頭緒。

「『那個老伯』是指誰？」

「就是吾豔從男爵的副手……我也不知道該不該說他是副手，總之，有一個老伯從上一任領主還在位的時候就在服侍吾豔家了。」
「那個老伯很精明。他是實質掌管從男爵家的人，還能控制住吾豔從男爵那個蠢蛋，讓他不會太胡作非為。」
「他算是從男爵的幕後指使者嗎？」
「唔～真要說的話，應該是會抑制吾豔從男爵的行為？他會想辦法把吾豔從男爵提出的餿主意收斂到勉強有辦法實踐。」
「對、對。要說這個城鎮是有那個老伯在才會這麼繁榮，也不為過。」
她們對吾豔從男爵的評語都好不留情。
不過，他實際給我的印象也差不多是那樣。但是這不是現在該著重的重點——
「艾莉絲小姐，妳知道這號人物嗎？」
「不知道，我也是第一次聽說。我只知道現任吾豔從男爵很不成才……啊，這麼說來，我記得爸爸曾說過從男爵那邊參加調停的是一個老爺爺。」
「大概就是他了。那個老伯平常會盡量避免對外露面。」
「是嗎？」
「那個老伯有時候也會像這次一樣出遠門吧？不避免露面的話，萬一被吾豔從男爵的敵人知道負責照顧他的人不在，等於是直接送給他們下手的大好機會。」

「畢竟沒有老伯陪著，隨隨便便就能從吾黜從男爵那裡套出一些話了。這次大概也是他擅作主張吧。」

「會不會其實也有可能是老伯指使的……」

雷奧諾拉小姐說完，就在短暫思考過後立刻搖頭否定。

「應該不可能是老伯指使的。吾黜從男爵不可能打得過珊樂莎，去店裡鬧事也沒有勝算。」

「怎麼把我講得好像怪物一樣……」

我有點不太甘心被人這麼說。

「我只是一個可愛又柔弱的普通女生耶。」

「少騙人了。」

艾莉絲小姐立刻出言否定。

「哪有騙人。」

「我不否定妳很可愛，可是妳不是『普通』的女生吧？」

——好吧。不否定我很可愛的話，就不追究了。

旁觀我們對話的菲利歐妮小姐笑說：

「如果不考慮後果，他當然有可能指使從男爵去店裡鬧事啊。可是問題是那麼做一定會害從男爵家被廢掉爵位。光是沒有任何正當理由就去攻擊鍊金術師，就已經是很嚴重的大事了，珊樂莎甚至還是奧菲莉亞大人的徒弟。珊樂莎應該也知道會有什麼下場吧？」

「……嗯，師父大概不會手下留情吧。而且對方只是個從男爵。」

連更高階的貴族說了什麼不順耳的話，都會被師父往屁股踹一腳踢出店外了。要是我這個徒弟出了什麼事，她一定會去報復對方。

我很高興師父的確有疼我到這個地步。

「所以就某方面來說，我們是不需要擔心那個老伯會惹事，不過……或許還是得多少提防一下吾豔從男爵，沒有人能保證他會不會一時衝動亂來。」

「是啊。而且他衝動的前例多得很呢。」

菲利歐妮小姐跟雷奧諾拉小姐接著說了一些從男爵以前做過的事情……嗯，太惡質了。他完完全全就是平民想像中的「邪惡貴族」。

「明明上一代還是個好領主。如果他繼續胡作非為，我會很擔心南斯托拉格的未來。」

「嗯。我們也是想找找看有沒有什麼解決辦法，才會到處收集情報……啊，反正我們收集到的情報搞不好哪天可以派上用場，我再整理一份資料給妳吧。」

「我不確定我能不能好好運用那些資料……但還是很謝謝妳，菲利歐妮小姐。然後——」

我正想詢問她們認不認識那位退休採集家時，忽然有一名女性從裡頭走來店面這裡。

「師父，我做好妳要我做的工作了——她們是誰？」

她的年紀跟凱特小姐差不多，身高比我高一點，看著我的那雙眼眼角很銳利，顯得有點強悍。我們之前應該沒見過面吧？

「妳好歹要懂得乖乖跟人家打聲招呼吧。她叫瑪里絲，姑且算是我的徒弟。」

「幸會，我叫做珊樂莎。」

「咦？妳就是珊樂莎？原來妳還只是個小孩子……？」

瑪里絲小姐訝異地上下打量我，最後將視線停在我胸部的位置。

妳什麼意思啊？我的身高的確比妳矮一點，可是胸部也沒差多少吧……妳……妳又沒有凱特小姐那麼大。

「瑪里絲，講話小心一點。妳敢惹珊樂莎不開心的話，妳明天就準備去妓院接客了。別忘記妳欠的債有一半算在珊樂莎那裡。」

「唔！我……我會小心……對不起，我叫瑪里絲，請多指教。」

神情依然顯得很不滿的瑪里絲小姐在說完這句話後低下頭，隨後就看見雷奧諾拉小姐的拳頭往她頭上敲下去，害她喊著「哇呀！」趴到地板上。

「態度太差了。妳要知道妳跪著跟她打招呼都不算過分。對不起，是我沒有把她教好。」

「欠債……喔喔，是她啊。雷奧諾拉小姐收她當徒弟，是覺得她有特別的潛力嗎？」

「不，應該說根本沒有。她如果能乖乖做好自己該做的事，我就會讓她可以慢慢還錢了……

我是因為她搞不好會給妳添麻煩，才會不得已收她當徒弟，親自來管管她。」

「妳這樣說太過分了吧！師父！」

「妳這個不食人間煙火的傢伙給我閉嘴！誰叫妳第一次檢查有沒有認真想還錢就沒通過！」

「本來還以為只要頻繁去察看情況就好，結果根本就不是有常常去檢查就好的問題。」

雷奧諾拉小姐用手指壓著眉間，像是覺得頭很痛；總是散發柔和氛圍的菲利歐妮小姐也是垂著眉角，顯得很傷腦筋。

「要不是她還欠我錢，我早就不想管了……瑪里絲，反正難得有機會，妳就跟珊樂莎一起去採米薩農的根，體驗一下嚴苛的環境吧。」

「咦？叫我去嗎？採集是採集家的工作耶。」

「少說這種軟弱的話了。我年輕的時候就常常是自己去採集。」

雷奧諾拉小姐傻眼地嘆了口氣。瑪里絲小姐也聳聳肩，像是很受不了雷奧諾拉小姐似的嘆了口氣。

「唉……老人家就是這樣。鍊金術師是靠腦袋吃飯的耶，妳的思維太過時了啦。」

「……瑪里絲。妳想要明天就去妓院工作是嗎？」

「我會幫妳找一間特別好賺錢的。只是妳可能要小心會弄壞身體。」

瑪里絲小姐大概是從兩人冰冷的視線中感覺到她們是認真的，開始冒出冷汗。

「我還是去採集好了。在冬天上山啊……我搞不好會死在山上……」

「那妳就做些可以保住妳小命的裝備啊。妳不是鍊金術師嗎？」

瑪里絲小姐在聽到雷奧諾拉小姐這番無情話語之後，變得面色蒼白。我跟艾莉絲小姐有點困惑地互相看著彼此。

「……雷奧諾拉閣下，妳的意思是要我們帶她去嗎？」

「這個不成才的傢伙至少還能當成誘餌，可以麻煩妳們帶上她嗎？」

「妳這樣說也太失禮了！我可是成功從鍊金術師培育學校畢業的菁英耶！就跟她一樣！」

「妳太沒有自知之明了！珊樂莎是實質上的第一名，妳怎麼好意思說低空飛過的自己跟她一樣！……唉，她就是這樣，很不喜歡吃苦。讓她去山上吹吹冬天的冷風——應該多少會改善一點吧？如果她還是這個死樣子，妳們要把她丟在山上也沒關係。」

「呃……我們會不會丟下她還不好說，但可以帶她去。瑪里絲小姐，之後要請妳多多指教了。」

她或許對某些領域不太擅長，卻也不改她的確有能力從鍊金術師培育學校畢業的事實。

應該至少不會礙手礙腳的。我面露笑容，對她伸出手。瑪里絲小姐挺起胸膛，雙手環胸，臉上浮現了充滿自信的笑容。

「哼，妳們可別扯我的後腿——哇呀！」

她才說到一半，就被雷奧諾拉小姐用拳頭伺候，再次趴倒在地。

我們在雷奧諾拉小姐家裡過夜，並在隔天早上出門尋找馬雷先生。

不得不說，雷奧諾拉小姐的情報網真的很厲害。她已經幫我們找到馬雷先生大概住在哪一區，所以我們只在附近打聽沒多久，就找到了目的地。

「不好意思～請問馬雷先生在家嗎～？」

他住在一間有小小庭院的獨棟小房屋。我敲了敲門，在一陣短暫等待之後，看見一名留著長長白鬍子的光頭老爺爺出來應門。

他的臉上滿是歲月留下的皺紋，腰卻挺得很直，身體也一點都不顯得虛弱，看得出他過去當採集家時鍛鍊出的強健體魄仍然健在。

這位身體硬朗的老爺爺用狐疑的眼神看著突然造訪的我們。

「兩位小姑娘，妳們找我有什麼事嗎？」

「請問您是以前曾在約克村當採集家的馬雷先生嗎？我是現在在那個村子開店的鍊金術師，叫做珊樂莎。而她是採集家——艾莉絲小姐。」

「哦，約克村這名字真懷念。沒錯，我就是馬雷。」

「太好了！您不會不方便的話，我們想要請教您一些事情……」

馬雷先生一聽完我在自我介紹之後表明的來意，原本狐疑的表情隨即轉變成高興的笑容，並大大敞開家門歡迎我們。

「好，沒問題、沒問題。來，請進。」

「打擾了。」

「打擾了。（——感覺他人好像還不錯？）」

我微微點頭同意艾莉絲小姐的悄悄話。「退休的採集家」這個詞莫名給我「乖僻老爺爺」的印象，然而馬雷先生完全不像是那種人。

可是仔細想想，他會對人這麼親切好像也不是沒道理？

因為採集家並不會獨自一人闖天下。如果個性古怪到無法跟他人相處融洽，必定會得不到協助，最後就會在當事人決定跟採集家生活說再見之前，先跟這個世界說再見。

不過，採集家也沒有好賺到可以只藉著一個人就能完成的工作賺大錢。

也就是說，或許我們應該光是知道馬雷先生能夠在退休後來這裡享受悠哉生活，就要猜得到他幾乎百分之百會是個有正常社交能力的人。

「不好意思，沒有先說一聲就來拜訪您。」

「沒關係。反正我沒有偉大到要先通知才能來見我，再加上我也閒著沒事做。」

馬雷先生哈哈大笑，並在要我們就坐之後坐到椅子上。

「所以，妳們要問我什麼事情？」

「我們想請教您要怎麼採集米薩農的根。因為村子裡沒有人採集過……」

「這樣啊。妳們會在這個季節來問，就表示是要問冬天怎麼上山採集吧？這時候進山上會有點危險。現在這個世代……安德烈他們還有在當採集家嗎？」

「有。其實也是他告訴我們可以來請教您的。我知道一些冬天上山採集的基本知識，不過……我還是想請教實際在冬天去山裡採集過的人的意見。」

馬雷先生會摸起自己沒有頭髮的頭，說不定是下意識使然。他同時說：「原來如此。是他們告訴妳們的啊。」

「我以前沒有教過他們怎麼在冬天的時候上山採集——妳們先等我一下。」

馬雷先生暫時離席，不久，就拿了一張很大張的紙回來。

「這是我的採集家人生的集大成——不曉得這樣說，會不會太誇大了點。總之，我還是採集家的時候，就只有我的命會比這東西更重要。」

他攤在桌上的是一張大樹海那一帶的詳細地圖。

上面寫著很多非常詳細的筆記，像是可以找到哪些採集物，危險區域還有會出現的魔物種類等等。

內容很多都比我那本關於大樹海的書還要更貼近在現場觀察到的情況，相當有參考價值。

——啊，連有火蜥蜴的那座山都有寫到。

雖然他只寫了「這一帶有地獄焰灰熊棲息」。

「我退休很長一段時間了，寫在上面的筆記或許有點過時，但應該還算堪用。米薩農的根可以在這附近採到。不過——」

馬雷先生的手指先是指著地圖上一個地方，再順著紙張移到一個用紅色圓圈圈起來的區域。

「問題是這邊很危險。這附近有滑雪巨蟲。」

「巨蟲……唔～那的確是滿麻煩的。」

「嗯。所以我還在當採集家的時候若要在冬天去這裡採集，也等於是賭命。我曾跟一些實力堅強的採集家一起去過幾次……卻付出了不小的代價。」

馬雷先生一說完就皺起眉頭，我也對山上竟然有意外強大的威脅感到很傷腦筋。

在一旁聆聽的艾莉絲小姐一臉疑惑，開口問道：

「店長閣下，你們說的巨蟲是什麼？」

「艾莉絲小姐沒聽說過嗎？雖然沒機會遇到的話，可能也不容易聽到這個名字。」

巨蟲正如其名，是指所有體型巨大的蟲，基本上很難在有人類居住的區域看見，大多棲息在沒有被開墾過的森林深處。

小的頂多跟人類嬰兒一樣大，大的會比房子還要巨大。

或許該慶幸至少不是每一種巨蟲都很有攻擊性。

可是牠們依然是一種蟲，一般還是會想盡可能避免遇到巨大的蟲吧。

「滑雪巨蟲的大小跟小房子差不多，還會在雪地裡靈活移動，又有攻擊性，所以遇到這種巨蟲會很麻煩。聽說不走進牠的地盤就不會有事，可是一旦被牠視作敵人就會一直死纏爛打，很難甩開牠。」

「小姑娘說得對。我們以前遇到的時候也是只能犧牲一些人來打倒牠，否則根本逃不了。」

馬雷先生可能是想起了當時犧牲的夥伴，嘆出相當深沉的一口氣。

「……這種巨蟲該不會是很危險的生物吧？」

「我們就是在說這種巨蟲很危險啊——不過，火蜥蜴的危險程度還是比巨蟲高上太多了，甚至會讓巨蟲顯得不算什麼。」

「嗯，聽妳這樣一說，好像也還好——」

「喂喂喂，牠們都很致命，不能這樣比吧？」

馬雷先生一看到艾莉絲小姐表情顯露些許安心，就傻眼地搖了搖頭。不過，艾莉絲小姐的下一句話卻讓馬雷先生訝異得睜大了雙眼。

「因為店長閣下曾經打倒過火蜥蜴啊。」

「什麼！嗯……真不愧是鍊金術師。我當年認識的鍊金術師是個老人家，原來現在年輕人這麼厲害……看來也用不著我操心了。那這張地圖就送妳吧。」
我完全沒料到馬雷先生會這麼說，不禁直盯著他的臉看。
「我可以收下這張地圖嗎？這不是您的寶貝嗎？」
「沒關係，妳拿去吧。這的確是我花了大半輩子製作出來的地圖，但沒人用它才真的是浪費它的價值。其實我以前曾打算把地圖交給安德烈他們……可是我當年沒機會帶他們到當地學習這些知識。」
要是只口頭或書面上告訴他們哪些地方有什麼東西，他們很可能會太小看當地的危險性，冒險過去採集。
馬雷先生似乎是因為不親自教導他們很可能會發生憾事，才會一直把地圖留在自己手邊。
「謝謝您送我這麼詳盡的地圖。請問我該怎麼報答您呢……？」
「嗯？我不需要回禮。反正我家老婆子也不是會在意人家有沒有回禮的年紀了。」
他大概是發現到我往他妻子在的方向瞥了一眼，便拍著自己沒有頭髮的頭部，哈哈大笑。
「不過……對了，小姑娘，妳幫我把這張地圖上的知識傳授給那個村子裡的採集家吧，教些妳覺得必要的就夠了。我以前因為一些事情，沒機會把自己的經驗傳承給後輩……安德烈他們現在還在那裡吧？」
「對，他們現在是那個村子裡的資深採集家。」

「呵呵，原來他們已經算資深了……真是光陰似箭啊。」

馬雷先生一聽到我的回答，就先是開心地笑了笑，又接著稍稍皺起眉頭說：

「可是，兩位小姑娘會特地來找我問採集知識，就表示他們的採集經驗還不夠豐富吧。要是我再年輕個十歲，我就會親自回去鍛鍊他們了……小姑娘，妳有空的話，能不能代替我鍛鍊他們一下呢？」

安德烈先生他們能採集更多種類的採集物，對我也有好處。

我當然沒有理由拒絕他的請求，直接回答：「我知道了。」

Alchemy Item Catalog

No 013

鍊金術大全：記載於第五集

製作難度：普通

一般定價：28,000雷亞以上

〈捕捉繩索〉

Afifhtufkffl Iffffhffl

擁有這個鍊器，你也能輕鬆擄獲自己的心上人。
……咦？你說我弄錯「捕捉」的意思了？
沒問題，高級貨可以自由選擇想捕捉的對象。
不過，使用的時候請記得小心別被逮捕了。
※若因為使用此鍊器造成不當後果，本店概不負責。

Episode 3

Ahfillfflnging thffl Wintffky Qfflfig

挑戰寒冬山區

我跟艾莉絲小姐去見馬雷先生的十天過後。

現在我們正走在積著薄薄一層雪的登山路上。

跟我一起來的有抱著核桃的蘿蕾雅、艾莉絲小姐、凱特小姐，還有另一個人。

「呼、呼……可……可以走慢一點嗎？」

「瑪里絲小姐，妳再撐一下！我們快要走過山稜了！」

受到蘿蕾雅鼓舞的，正是原本待在雷奧諾拉小姐那裡的瑪里絲小姐。她勉強撐過在森林裡的路段，但是自從開始爬山路，就一直這樣氣喘吁吁的。

「那邊那個不能用一般常識來看的人跟另外兩個採集家就算了，妳應該是普通百姓吧？」

「走山路的確很累，但是中間常常停下來休息，倒是還好……雖然會停下來是因為瑪里絲小姐走不動。」

瑪里絲小姐用難以置信的眼神看著走在自己身旁的蘿蕾雅。畢竟蘿蕾雅身體本來就很強壯。

而且她最近學會用一點魔法了，我甚至感覺到她好像可以用魔力稍稍強化自己的體能。她是我們之中年紀最小的，可是我們會配合體力不夠強的瑪里絲小姐適時休息，所以她也不會累到跟不上我們的腳步。

「話說，妳剛才提到的『不能用一般常識來看的人』是說我嗎？——我本來想在這裡休息一下的，我看我們還是直接走到山稜吧。」

「噫～～早知道就不要亂說話了！」

我拿出蘿蕾雅做的攜帶甜食，遞給發出哀號的瑪里絲小姐。

「妳先吃這個撐一下。不然我們休息太多次，會拖延到行程。」

「謝謝妳……啊啊，好甜，好好吃……」

瑪里絲小姐泛著眼淚吃起攜帶糧食，同時不忘努力往前走。

她的確是有些小缺點，但是也滿有毅力的。

「明明珊樂莎小姐看起來一點都不累……原來不是每個鍊金術師都會像她那樣。」

「我說妳啊，妳要知道這傢伙真的不能用一般常識來看。鍊金術師原本是一種在用盡全力拿到執照之後，就只需要坐在店裡等客人送錢上門的職業。一般鍊金術師才不會親自出遠門收集材料喔？」

那種鍊金術師還滿多的。因為真的只要做生意腳踏實地，就能賺到足夠過上舒適生活的錢。

「是嗎？可是瑪里絲小姐就是賺不到錢，才會欠債吧？」

蘿蕾雅單純的疑問狠狠戳中了瑪里絲小姐的痛處。

「唔唔！其……其實最主要是因為我的求知心太強了……」

「嗯……所以妳的意思是求知心跟理財能力不能兩全嘍？」
「鍊金術師本來就是看到上好的材料就會想買啊！好東西可遇不可求耶！」
「店長小姐，她說的是真的嗎？」
「是有這種傾向沒錯，可是一般還是會經過審慎考慮才買。因為買了一些沒有要做成商品賣的材料，或是鍊製失敗，都會虧錢虧到面臨很淒慘的下場——就像瑪里絲小姐那樣。」
「唔唔唔！這我倒是無法否認！」
「而且她是真的曾做過這種事情兩次……我們差不多要走過山稜了。」
「總……總算要過山稜了——哇……！」
一走過山稜，就有一片覆蓋了一層厚重積雪的斜坡映入眼簾，跟剛才的景色截然不同。
在斜坡的盡頭拔地而起的山就是這次的目的地，只是不曉得是不是那裡正下著大雪，我們只能看見一片雪白。這也暗示了要走到那座山會有多麼困難。
「好……好壯觀。原來冬天來山裡會是這種景象……跟我們走來的路完全不一樣……」
「我以前就聽說過有時候跨越山稜會有這種情況……但還是會覺得好震撼。」
我們走來的上坡路有差不多七成被雪覆蓋，剩下三成是裸露在外的土壤。然而我們眼前的下坡路卻積著相當厚的一層雪，從有一部分被埋在雪裡的樹木來看，應該至少積了一公尺深。
「要在這麼厚的雪上滑雪應該沒問題。我們就滑雪下去，節省時間吧。」

我這次帶來的滑雪板因為要方便攜帶，只有大約兩隻鞋子的長度。但它仍然是一種鍊器，還附有避免往後滑的止滑功能。

連在小幅度的上坡路用這種鍊器，都能比穿雪靴走路還快，沒道理不用這個下山。

我有簡單教過艾莉絲小姐她們要怎麼用滑雪板，而且她們運動神經很好，應該有辦法在這樣的斜坡上滑雪。

「我們接下來得戴上雪地眼鏡，也要重新抹過防曬。」

我們正在做下山準備的時候，瑪里絲小姐忽然有點含蓄地問：

「那個……珊樂莎小姐，我沒有帶滑雪板來耶。」

「咦？妳來雪山怎麼會沒帶？雖然我的確沒有特別提到要帶……那，蘿蕾雅，妳的滑雪板可以借她嗎？我會揹著妳下山。」

「我也有點擔心自己滑不好，是不介意請妳揹著我下山……可是，妳揹著我沒問題嗎？」

「啊，沒關係，我用走的下山就好……」

「那樣太花時間了，而且只揹蘿蕾雅一個人不會多重。來，這個借妳用。」

我有點強硬地把滑雪板遞到打算拒絕的瑪里絲小姐手上。她一臉傷腦筋地接過滑雪板，拖拖拉拉地把滑雪板裝到腳上。

艾莉絲小姐跟凱特小姐……嗯，她們都準備好了。

「那，瑪里絲小姐先走吧。我會在最後面看著大家。」

我這麼一說，瑪里絲小姐的眼神就開始游移，看起來有點畏縮。

「不，還是妳們先走吧。反正我也很擔心這個鍊器會不會正常發揮效用。」

什麼？妳竟然以為我做這種簡單的鍊器也會失敗？

「別擔心，我有測試過它能不能正常運作了，妳就放心示範給我們看吧。來，勇敢點。」

「咦？咦？咦～！呀啊啊啊啊啊——————！」

我從瑪里絲小姐背後幫她推了一把，隨即就看見她一邊發出歡呼，一邊往下滑。

這附近的斜坡沒有很陡，而且這些剛積起來不久的雪很軟，在上面滑雪一定很痛快。要不是現在有工作在身，我還想在這裡多玩一陣子……真可惜。

「喔～她竟然直直往下滑耶。那樣可以滑很快，是很爽快沒錯，但其實不太建議初學者那樣滑。因為滑太快會很難停下來。」

「呃，我也不打算第一次滑就滑那麼快……啊，她跌倒了。」

瑪里絲小姐不知道是不是被什麼東西絆到腳，突然失去平衡，就這麼摔下去滾了好多圈，還有一些細雪濺到空中。她最後停下來的時候是整個人趴在地上。

「……她沒事吧？」

「這裡積雪夠深，她不會怎麼樣。啊，我建議妳們兩個還是滑S形下去比較好喔。」

「嗯，我知道——嘿！」

艾莉絲小姐跟凱特小姐也開始往下滑，動作顯得有些謹慎。她們的運動神經果然很好，似乎一下子就抓到訣竅了，滑雪的姿勢並不會讓旁人看得心驚膽顫。

「那我也差不多該出發了。蘿蕾雅，妳要抓緊我喔。」

「好！——哇啊啊啊！」

我滑的速度偏快，很快就追過了艾莉絲小姐跟凱特小姐，然後在瑪里絲小姐附近停下來。我對還躺在雪上的她說：

「妳還好嗎？」

「一點都不好！我還以為我要沒命了！」

瑪里絲小姐瞬間起身，抬頭瞪著我。

「妳這樣說也太誇張了……這裡沒有懸崖，雪也不會硬梆梆的。」

如果這片斜坡很陡，或是不小心滑歪就會摔到懸崖底下，我就不會推她的背了。但其實在這裡滑雪的難度不高，很適合初學者練習。

除非硬要做些太花俏的動作，不然不可能會有危險。

「才不誇張！我不會滑雪耶！」

「……妳不會滑雪？可是實習課要去雪山的時候不是會學嗎？」

「別想裝傻，妳一定早就察覺我不會滑雪了！而且我以前在學校裡只會把心力全部放在我擅長的領域上！」

嗯，其實我早就在猜她是不是不會滑雪了。

可是也不能怪我故意整她吧？誰叫她居然不相信我做的鍊器。

她說自己在培育學校裡只專心鑽研鍊金術相關的領域——

畢竟如果不是像我一樣想要獎勵金，就不需要努力精通每一個領域。

應該說，其實絕大部分的人都只會把心力放在必要的課程上，確保自己能順利畢業。

「呃，那怎麼辦？妳要自己一個人走嗎？還是……」

瑪里絲小姐眼神交互看著我跟我背上的蘿蕾雅，在一段短暫沉默後才終於下定決心，有點難為情地說：

「唔…………我……我會練習看看。不過，呃……妳可以教我嗎？」

「呼～～總算可以在滑下來的時候不跌倒了。」

「瑪里絲小姐好厲害喔！居然這麼快就會滑雪了！」

瑪里絲小姐在蘿蕾雅的稱讚之下重拾自信，得意洋洋地挺著胸說：

「那當然！畢竟我可是菁英嘛！」

她再怎麼說，都是成功從培育學校畢業的鍊金術師。就算有些領域不算擅長，也一定有足夠的基本能力在戰鬥訓練等必要課程中拿下及格分數。

「店長閣下，滑雪板這種東西太方便了！竟然可以短時間內滑過這麼長的距離。」

「對啊。而且就算是在平地上，也能輕鬆往前滑。」

「防止往後滑的功能很方便吧？這樣我們就只需要顧著往前滑就好。」

抬頭一看，就能看見我們剛剛在的山稜已經是雲霧繚繞。

不曉得穿著雪靴要花上多少時間，才能走完這麼長的一段路？

「但是現在還是離目的地很遠。我們繼續往前走吧。」

「啊，珊樂莎小姐，我用走的就好。反正已經是平地了。」

我制止準備從我背上下來的蘿蕾雅。

「沒關係。這裡用滑的還是比用走的快，妳用走的會跟不上。」

「咦？是嗎？那妳累了記得跟我說，我隨時可以下來走。」

「唔。對不起，都是因為我沒帶滑雪板，才害妳要揹著她。」

「我也有責任，是我自己沒講清楚——那，我們走吧。」

我往愧疚得壓低視線的瑪里絲小姐背後輕輕一拍，開始在平坦的雪原上滑雪。艾莉絲小姐、凱特小姐跟瑪里絲小姐也立刻跟上我的腳步。

這個滑雪板還有一個特色是摩擦力非常小。雖然跟止滑功能相比之下顯得沒什麼特別，但是它的低摩擦力讓我們隨便輕輕一蹬就可以輕鬆加速，感覺不到多少阻力。

就在我們滑完大約半片雪原時，蘿蕾雅忽然指著遠方，小聲說：

「哇！妳們看，那邊有小兔子耶！」

往她指的方向一看，就能看到一隻純白的小白兔在雪地上蹦蹦跳跳。

那隻兔子不大，可是牠的毛很蓬，看起來圓滾滾的。

「嗯？今天晚上可以吃煸炒兔肉嗎？」

艾莉絲小姐的語氣聽起來有點高興，讓蘿蕾雅連忙搖頭否定。

「不……不是啦！牠整隻都是白的耶，不覺得很可愛嗎？」

蘿蕾雅詢問大家是否有同感，同時我也看見她身後的凱特小姐默默放下剛舉起的弓。

嗯，一個獵人理所當然會迅速做出這樣的反應。

只是她似乎還是沒有勇氣在喊著小白兔很可愛的蘿蕾雅面前射殺那隻兔子。

「蘿蕾雅是第一次看到白色的兔子嗎？」

「對。我以前只看過褐色跟有點黑的兔子。賈斯帕先生有時候會獵一些兔子回來——那真的好好吃。」

說完，蘿蕾雅就輕輕閉上雙眼。

可愛歸可愛，還是會覺得兔子肉很好吃——她是不是在心裡畫了這樣的界線？

「……要獵來當晚餐嗎？」

察覺到需要發揮自身長才的凱特小姐再次拿起弓箭。蘿蕾雅則是開始煩惱起來。

不久，蘿蕾雅得出的答案是——

「交……交給妳來決定吧……妳獵到的話，我再把牠做成晚餐。」

「是嗎？那就——」

身為獵人的凱特小姐下手毫不留情。她在蘿蕾雅撇開視線的那一瞬間射出箭，精準奪去了兔子的性命。

凱特小姐前去撿回癱倒在雪地上的兔子。

她直接在撿起兔子之後劃開兔子的脖子放血，讓白色的雪地染上鮮紅色彩，一掃剛才的和平氛圍。

「手法太俐落了……完全就是專業的獵人……」

「唔唔……」

我背上的蘿蕾雅在斜眼看見整個過程之後發出小小哀號，加強了抓著我的力道。走回來的凱特小姐看到她這副模樣，表情顯得有點複雜。

她兩隻手上各拿著兔子被迅速剝開的毛皮跟肉。

「……這樣好像我做了什麼壞事一樣。」

「不，凱特小姐並沒有做錯什麼。」

雖然看起來很殘忍，但是獵人面對獵物本來就應該快狠準。凱特小姐跟蘿蕾雅應該就差在一個人平常就時常出外打獵，一個人一直以來都只看過別人老早就處理好的兔肉。

不過，要她親手切開自己覺得很可愛的小動物的肉，好像還是有點太可憐了。

「蘿蕾雅，妳不忍心切兔子肉的話，晚餐就讓我來煮吧。」

「我也覺得那樣比較好。像我當初在學校裡第一次肢解動物的時候，也是覺得很不舒服。小孩子做這種事情會有心靈創傷。我瑪里絲倒是不介意大發慈悲幫忙料理那隻兔子喔。」

因為不克服對獵殺動物的排斥心態，根本沒辦法在鍊金術師培育學校待超過一年。

雖然現在蘿蕾雅已經比當年的我們年紀還大了。

「唔……沒關係，我本來就只有廚藝可以幫上大家的忙，我來就好。而且我也認為要把獵來的獵物做成美味佳餚，才不會白費牠的犧牲。」

蘿蕾雅在短暫語塞過後如此說道，搖了搖頭。

妳的意思是我來煮的話，牠就不會變成美味料理了嗎？

我只是平常沒在下廚而已，還是懂一些廚藝啊。

——不過，蘿蕾雅煮的兔肉料理是真的非常好吃。

我們在大約五天過後，才終於抵達採得到米薩農的區域。

雖然途中曾遇到暴風雪，但還在我的預料之中。現在已經能看到馬雷先生告訴我們的醒目地標，應該就快到目的地了，可是……

「……店長閣下，這裡什麼都沒有耶。」

「是啊——不曉得是不是因為前幾天有下雪的關係？」

那場讓我們不得不停下腳步的暴風雪，在這座山裡留下了大量白雪。

這使得米薩農生長的這個區域變成一整片銀白色的世界。

雪積得非常厚，不只看不見地面，連植物都被埋得看不見它們存在這裡的任何跡象。

我用棍子插進雪裡測量深度，至少超過一公尺深。

我們應該沒有找錯地方，可是……大概也很難一邊清掉一些雪，一邊找米薩農。

「這裡沒有結冰，算是不幸中的大幸了吧。」

要是氣溫曾經稍微高過冰點，這些雪都會變成硬梆梆的冰塊，但可能是最近幾天一直都很冷，這裡的積雪都是很柔軟的細雪。

看來是用不到十字鎬了。

「可是積雪積成這樣，應該也很難把雪鏟開來找。」

「如果沒有其他方法，也只能那樣做了……店長閣下，一般會怎麼找米薩農？」

「一般會找它枯掉的莖。折斷莖的前端再聞一聞，就會聞到米薩農特有的刺鼻又有點舒暢的香味——不過，雪積得比草還要高，就會像現在這樣無從找起。」

正常應該會看到像一根細細的棍子插在地上的枯莖，然而眼前完全看不見那樣的東西。只有一片非常平坦的純白雪原。

積雪比較多的地區通常會先在夏天來找米薩農生長的位置，再插一根長棍當記號……可是我夏天的時候沒料到現在會需要用到。

「珊樂莎小姐，妳可以用魔法感應哪裡有米薩農嗎？」

「咦？原來有那種魔法嗎？」

要是真有魔法可以感應到採集物的位置，絕對會是能震撼整個鍊金術師業界的天大好消息。

「不，我是不知道有沒有那種魔法，可是妳這麼跳脫常識，搞不好真的會啊。」

「什麼嘛，真可惜……還有，瑪里絲小姐，妳說我跳脫常識也太誇張了吧。而且我也沒有多擅長用魔法。」

「「「少騙人了。」」」

「咦！妳們這樣異口同聲也太過分了吧！我才沒有騙人……我還遠遠比不上師父——」

「哪有人會拿自己跟奧菲莉亞大人比啊！每個人都跟她比的話，絕大部分人都跟門外漢沒兩樣了啦！」

「喔，原來瑪里絲也知道奧菲莉亞大人這號人物啊。」

「那當然！奧菲莉亞大人的實力強到她的態度再怎麼旁若無人都不會有人有怨言！還是有史以來最年輕……至少外表看起來是有史以來最年輕的大師級鍊金術師！她可是所有女鍊金術師的偶像！珊樂莎小姐居然誤打誤撞就當上了她徒弟，我看哪天有人出於嫉妒來暗殺妳都不奇怪。」

啊，原來大家都認為她實際年齡一定跟外表不符啊——不對，給我等一下！

「咦？原來我有可能被人暗殺嗎？」

「收妳當徒弟的可是奧菲莉亞大人耶，怎麼可能沒人嫉妒妳。而且不惜耗盡家財也想請她收自己當徒弟的人多到數也數不清。當初她收徒弟的消息在鍊金術師業界裡傳開之後，還造成了一點騷動呢。」

「真的假的？學校裡的確有人說很羨慕我……」

「是因為學校完全跟外面社會隔絕，大家才會頂多只是羨慕妳而已。如果奧菲莉亞大人是在妳畢業之後才收妳當徒弟，大概還會再吵得更沸沸揚揚——她大概也有考慮到這一點吧。」

這樣一說我才想到，讓我變成師父徒弟的那份兼職只收學校新生。

是因為不設立這樣的條件，會引來一大批想拜她為師的鍊金術師嗎……？

「珊樂莎小姐該不會隨時都可能會遇到有人要她的命吧？」

「是沒有鍊金術師會蠢到會直接傷害受到奧菲莉亞大人庇護的珊樂莎小姐啦……不對，我沒辦法肯定。」

「妳居然沒辦法肯定！咦？可是雷奧諾拉小姐就對我很親切啊……」

「那是因為她夠理性，還很寬宏大量。妳沒看她竟然還願意收我當徒弟。」

「啊，原來妳有自覺啊。」

凱特小姐一這麼說完，瑪里絲小姐的表情就顯得有點不滿。

「少囉嗦。不過，雷奧諾拉小姐應該要算例外。要是珊樂莎小姐不是在偏遠的鄉下開店，而是在大城市裡面開店，一定會有人故意去找妳的碴。」

「看來鍊金術師也是滿辛苦的……不對，好像也不只鍊金術師會很辛苦。」

「是啊，像艾莉絲小姐妳當採集家也會很辛苦。最輕鬆的應該就是我們這些平民了。」

蘿蕾雅的神色像是在對苦笑著的艾莉絲小姐表露同情……可是我覺得蘿蕾雅妳現在已經比較偏向我們這些有可能會吃苦的人了喔。

她現在在鍊金術店裡工作，又會用魔法。有些人應該會很嫉妒她。

只是我不希望她辭職，所以不會把這些話說出口。呵呵，妳跟我們是同個世界的人了……

「先不說這些了，店長小姐。妳的意思是沒有魔法可以幫助我們早點找到米薩農，對嗎？」

「對，至少沒有可以直接找到它在哪裡的魔法。其實可以用魔法把整片雪炸開，可是——」

「真不愧是珊樂莎小姐，妳果然有解決辦法！」

蘿蕾雅用崇拜的眼神看著我，我連忙搖頭否認。

「不，我不會用魔法把這片積雪炸開，不然會發生雪崩。」

待在雪山裡面時，絕對不可以製造巨響。所以我不能用魔法炸開積雪，而且就算不把雪炸開，只用高溫融化積雪，也沒有人知道這些雪快速融化會引發什麼樣的後果。

如果只有我在這裡就算了，現在連蘿蕾雅她們都在，我不能做那種存在風險的事情。

等等，可是聽說米薩農的味道很重，說不定也不是不能用魔法找它……？

就在我這麼想的時候，蘿蕾雅的行李裡面突然有東西在扭動，並跳了出來。

「嘎嗚！」

「布偶動起來了！」

布偶當然不可能會動——

「不，這是鍊金生物，它叫核桃。是我做的。應該仔細看，就看得出它是鍊金生物了吧？」

「——真的耶！咦？珊樂莎小姐還這麼年輕，就能做鍊金生物了？這是妳自己做的嗎？」

直盯著核桃的瑪里絲小姐一聽完我的說明，就忽然驚訝地看著我。

鍊金生物的製作難度沒有很高啊……啊，她的意思應該是湊齊材料要花很多錢吧？做鍊金生物需要的材料還滿貴的。

「因為我之前剛好有足夠的材料跟錢可以做。是說，妳這幾天都沒有發現嗎？妳應該也有注意到蘿蕾雅偶爾會抱著它吧？都不覺得奇怪嗎？」

我要它盡可能不要動，節省魔力，所以也不是無法理解瑪里絲小姐為什麼會以為是布偶。可是一般鍊金術師只要好奇地仔細看牠一眼，就看得出是鍊金生物了吧？

「我完全沒有覺得奇怪。我還以為是蘿蕾雅晚上要抱著布偶睡才睡得著。」

「我年紀沒有小到要抱布偶才能睡！」

「成年以後還是喜歡布偶也不需要害臊啊！……我可以摸摸看嗎？」

瑪里絲小姐反駁了蘿蕾雅的抗議之後，便對著核桃伸出手。

「呃～珊樂莎小姐，可以給她摸嗎？」

我對眼神困惑地看著我的蘿蕾雅跟用期待眼神看著我的瑪里絲小姐點點頭，下一瞬間，核桃就已經在瑪里絲小姐手上了。

「唔唔，竟然能做出這麼可愛的鍊金生物……看來我要好好存錢了。」

瑪里絲小姐一邊摸著毛絨絨的核桃，一邊不甘心地如此說道。

嗯，看她這樣，她搞不好很有可能又會欠債。

下次跟雷奧諾拉小姐見面的時候順便跟她說一聲好了。

「嗚～嘎嗚嘎嗚！」

原本有好一段時間都乖乖給瑪里絲小姐摸的核桃忽然發出有點不開心的叫聲，扭著身軀從瑪里絲小姐手中掙脫出來，動作輕快地跳到雪地上。

不過，這些雪非常的軟。

沒有穿雪靴的核桃就這麼陷進雪地裡，完全看不見它。

「啊——！珊樂莎小姐，妳太過分了！」

鍊金生物一般會是由術者來操作，我能了解她會誤以為是我要核桃離開，不過——

「妳說的過分是指什麼事情過分？我先說，核桃會跑掉是它自己想跑的。」

我對瞪著我的瑪里絲小姐解釋核桃的行為，她一臉困惑地說：

「它會獨立行動……？竟然有這麼厲害的鍊金生物——啊，要趕快救它出來才行！」

瑪里絲小姐急忙蹲下來，但下一秒就有東西在雪裡發出沉悶的移動聲響之後跳出來，還濺起不少白雪！

「嘎嗚嘎嗚～！」

——從雪裡跳出來的，當然只可能是核桃。

它這次又在著地的同時陷進雪裡——是不是該幫它做個雪靴？

「核桃，你是想玩雪嗎？」

「應該不可能吧……不對，仔細想想，核桃的個性有一部分會受到艾莉絲影響，好像也不是

「不可能——」

凱特小姐本來還對艾莉絲小姐的猜測露出苦笑，卻在講到一半時顯露懷疑神色。艾莉絲小姐見狀便一臉不悅地說：

「等等，我不會在工作的時候跑去玩好不好！」

「它應該是不會突然想跑出來玩……」

我走到核桃踩出的洞旁邊，把手伸進洞裡抱起核桃。

「所以，你怎麼突然想跳進雪裡？」

核桃聽到我這麼問，就說著「嘎嗚嘎嗚」指向它第一次跳出來時弄出的洞。

「是要我們看看裡面嗎？」

「我看看……啊，珊樂莎小姐，這裡面有植物！」

「咦？真的嗎？……啊，這不就是……！」

蘿蕾雅對我招了招手，要我去看看那個洞。我看見裡面長著像棍子一樣的細長植物，折下它頂端一小段來聞，就聞到一股很特別的濃烈氣味。

「這個就是米薩農。」

「什麼！所以核桃有辦法找到埋在雪裡的米薩農嘍？」

「嘎嗚！」

在我懷裡顯得很得意洋洋的核桃吸引了所有人的目光。

「咦？它聽到我們聊天的內容，就知道要找什麼了嗎？一般鍊金生物有可能這麼聰明嗎？」

「我自己也很驚訝。我當初的確是幫它灌了很多魔力，也用掉了不少珍貴材料……」

其實應該本來就可以靠核桃的嗅覺來找，只是我很訝異它竟然不需要我下指示，就會自動自發地幫忙找米薩農。

雖然我也偶爾會看到核桃在家裡散步，但是鍊金生物基本上都很被動。

我幾乎不曾聽過鍊金生物會自己分析周遭情況，採取適當的行動。

「核桃，你找得到其他米薩農嗎？」

「嘎嗚！」

核桃很有精神地回答艾莉絲小姐的提問，並從我懷中跳進雪裡。

它在雪裡快速移動，接著在距離數公尺的地方再次喊著「嘎嗚！」從雪裡跳出來。

凱特小姐跑去核桃旁邊，查看雪中的洞。

「店長小姐，這裡也有米薩農！」

「核桃，你好厲害喔！你居然不只長得可愛，還有這麼厲害的專長！」

「嘎嗚～！」

這次換蘿蕾雅把核桃抱起來，緊緊抱在懷裡。核桃也害羞地不斷揮舞雙手。可是，蘿蕾雅，妳要知道——

鍊金生物的特色本來就不是可愛，是它有很多特殊的功能。

——只是我也沒料到它會有這種功能。

「它竟然能理解別人的提問，做出正確的反應？……珊樂莎小姐，要怎麼樣才做得出這麼厲害的鍊金生物？是奧菲莉亞大人教過妳特殊的配方嗎？」

「不是，我是照著《鍊金術大全》做的，沒有什麼特別的配方……真要說的話，就是我有用上一些很珍貴的材料跟大量魔力，還有我們四個人的頭髮吧。」

「四個人……所以它才聽得懂艾莉絲小姐說的話嗎？假如換作是我——」

瑪里絲小姐開始小聲自言自語，陷入沉思。也不曉得該讚嘆她果然是鍊金術師，還是該說這是鍊金術師的一種可悲習性。

呃，雖然我也能理解她為什麼會這樣啦。

對鍊金生物這番不尋常舉動毫無反應的鍊金術師，絕對不會有什麼好成就。

畢竟要說「探討」這種行為就是鍊金術師的本質，也不為過——我自己是這麼想的。

其實我也很想跟瑪里絲小姐討論鍊金術理論，但我們現在需要處理其他要事。而且，我身邊也有人會阻止我們那麼做。

「那個，瑪里絲小姐。現在還是先採集米薩農的根比較要緊吧？妳應該也知道這是來自皇族的委託……所以我們絕對不能出差錯。」

「……說得也是。而且我也沒辦法在這裡驗證它的原理。」

瑪里絲小姐不知道是不是無法反駁年紀比自己小，卻率先制止她的蘿蕾雅，心不甘情不願地答應先處理正事。同時，她還用手指直指著我，說：

「不過，珊樂莎小姐！等我們有空，我一定要跟妳討論這隻鍊金生物為什麼會這麼特別！」

「好，有空再來談。我也很好奇它為什麼能做到這種事情──那我們繼續採集吧。幸好核桃能幫我們更好找到米薩農，可是要把它從雪裡面挖出來會很費力。就麻煩大家一起出份力了。」

◇◇◇

核桃的搜索能力無懈可擊。

它每次都能精準找到米薩農的位置，完全不需要我們自己去找。

我們只需要除去核桃跳出來的位置附近的雪，再挖開地面，把米薩農的根挖出來就好。

頂多挖開結凍的地面會花點時間。所有人一起幫忙採集的效率很好，不到一天就成功收集到需要的量了。

做完該做的事以後，我們也沒必要繼續在雪山裡久留，很快就踏上了返家之路。

目前為止，我們的行程可說是非常順利。雖然途中有刻意繞遠路避開滑雪巨蟲的棲息地，還被暴風雪暫時拖住腳步，卻也沒有比原先計劃好的行程慢上多久。

就算回程路上有遇上一點小意外，也不影響我如期交差。

但還是不能大意。就在我心想必須全程繃緊神經時——

「看來進雪山採集也沒什麼大不了的嘛！」

所有人的視線都集中在語氣一派輕鬆的瑪里絲小姐身上。

「瑪里絲……妳怎麼把這種話說出口了？妳居然真的說出口了！」

「咦？我這麼說有什麼不對嗎？我們再爬過一個山稜就可以離開雪山了耶。」

瑪里絲小姐感到非常不解，這讓艾莉絲小姐深深嘆了口氣。

「因為這種時候最容易出事了。尤其妳還把這種話講出口。」

「那只是妳的錯覺。怎麼可能說幾句話就會影響到周遭環境。」

嗯，我也這麼覺得。

因為路上什麼事都沒發生，就不會留下深刻印象。

然而，擔心說這種話會出事的艾莉絲小姐一直以來都很容易遇上意外。

光是這一年下來，她就經歷過斷手、差點喪命、被困在火蜥蜴巢穴裡面、差點因為欠債被迫結婚——嗯，真的滿倒楣的。

由真的遇過各種倒楣事的她來表示擔憂，就會顯得頗有說服力。
而且她的這份迷信似乎又成真了。
「真不愧是艾莉絲小姐，妳說對了。這次又遇上麻煩了。」
「咦？不不不，怎麼可能這麼巧……對不對？——等等，是真的嗎？」
艾莉絲小姐一開始還笑我在開玩笑，然而她看見我的表情依然嚴肅，就一臉難以置信地這麼問我。
「對，的確有魔物正在接近我們。還有……應該快要可以看到了。」
「我去看看。」
凱特小姐迅速爬上附近的樹，在看往我指的方向之後驚訝得目瞪口呆。
「……太誇張了吧。有隻好巨大的蟲……還有一群人——是採集家嗎？都往這裡過來了！」
「那大概就是滑雪巨蟲。艾莉絲小姐的厄運真是強到讓人不得不佩服。」
以季節跟地點來說，不太可能是其他種巨蟲。
「這不是我害的吧！只是巧合！」
「可是妳的厄運也真的招來了不少特別麻煩的情況，不是嗎？像是第一天進大樹海就遇到地獄焰灰熊，而且還是狂襲狀態的。」
「唔唔——不對，這次也有可能是瑪里絲的厄運引來的麻煩啊。」

「我很少遇到魔物的。而且我聽說艾莉絲小姐好像連火蜥蜴都能引到吧？」

「那次是諾多——」

艾莉絲小姐本來還想繼續反駁，卻遭到凱特小姐打斷。

「艾莉絲，現在不是顧著吵這種事情的時候了。店長小姐，我們有辦法避開牠嗎？」

「滑雪巨蟲原本攻擊性不算太強，可是現在牠附近有採集家，就表示那些人很可能攻擊過巨蟲了。聽說牠一旦開始反擊，就會很難甩開牠。」

雖然攻擊牠的不是我們，不過也沒辦法期待牠會分辨哪些人類是不是攻擊牠的人。

「所以，我們可以選擇在還沒被追上之前逃跑，或是挖個雪洞躲起來……」

我們穿著雪靴，是可以正常跑步，然而論能不能跑得比可以在雪地上輕盈移動的滑雪巨蟲快……應該只有我跟艾莉絲小姐辦得到吧？

可是那樣就得拋下蘿蕾雅她們，所以只有我們兩個跑得贏巨蟲也沒用。

而躲在雪洞裡面也很可能被滑雪巨蟲發現，到時候就會直接被牠的身體壓扁。

艾莉絲小姐大概是想像了我們被巨蟲壓扁的情景，立刻搖了搖頭。

「那就不能躲起來了。既然不能躲，還不如直接跟那隻巨蟲對打。而且我也想盡可能幫那群採集家脫離險境。」

「艾莉絲，妳想幫他們嗎？他們應該不是我們認識的人耶。」

採集家要是遇到危險，基本上都是他們自己的責任。其實能對陷入困境的人伸出援手當然是最理想，可是大多人不太會自願冒險去救陌生人。

尤其會來這座雪山的人，應該有極大多數沒有餘力幫助別人。

因為一般只會帶足夠自己跟夥伴吃的糧食，再加上隨便插手不小心幫了倒忙，也只會造成二次傷害。

「這……反正店長閣下也在，妳有沒有辦法打倒那隻巨蟲？」

「我先說，我是鍊金術師，戰鬥不是我的專長喔。」

「呃，可是店長閣下比我強多了，說這種話一點說服力都沒有……」

蘿蕾雅，不要點頭點得那麼大力。

雖然有必要的話，我當然還是會出手。

「我是比較看好艾莉絲小姐跟凱特小姐妳們兩個戰力啦～啊，他們要過來了。」

我伸手指向他們所在的方向，不久，滑雪巨蟲跟被追殺的採集家來到我們肉眼可見的地方。

蘿蕾雅一看到滑雪巨蟲就瞪大了雙眼，抓著我的手臂大喊：

「珊……珊樂莎小姐！那隻蟲！牠也太大隻了吧！」

「因為牠是巨蟲嘛。如果牠很小，就只是普通的蟲了。用殺蟲劑噴一下就死了。」

假如滑雪巨蟲是那麼脆弱的蟲，我也不會特地警告大家要小心。

「店長閣下！可是我感覺牠好像比火蜥蜴還大隻啊！」

滑雪巨蟲的外型就像是一隻很巨大的天牛。頭上長著長長的觸角，還有銳利的大顎，至於身體則是整體上很細長，六隻腳的先端像是有點扁的板子。

牠有著金屬光澤的身體散發出偏綠的彩色反光，在放眼望去一片白的雪原裡顯得特別突兀，彷彿在表達牠很有自信打倒所有攻擊自己的敵人。

牠會這麼無所畏懼也不是沒有原因。

因為牠光是一隻腳就比我的身高還長了。

「別擔心。牠沒有火蜥蜴那麼強。」

「這教人怎麼不擔心！……我們是不是直接逃跑比較好？反正被蟲追的那些人也不太像是採集家。」

「看起來差不多有十個人，可是好像沒有一個是曾在約克村看過的採集家……？」

艾莉絲小姐在多少看得到那群人的面孔後，開始感到疑惑。

大樹海附近不是只有約克村一個村莊，也有可能是其他村子的採集家。然而，他們穿得卻不太像一般的採集家。

「……要直接逃嗎？」

「不，先等一下——那些人是南斯托拉格的衛兵！」

「南斯托拉格的衛兵……？真的嗎？」

「應該不會錯。我在南斯托拉格偶爾會需要跟衛兵交談，所以認得出來。」

瑪里絲小姐是南斯托拉格的居民，她這番話的可信度很高。

「……我愈來愈想直接逃跑了。」

先別誤會，正常情況下我還是會去救人。

可是前幾天來找碴的就是他們服侍的領主。我們用有點強硬的方式趕走吾黯從男爵之後沒多久，又剛好有他領地裡的衛兵帶著危險的魔物往我們這邊跑過來。

要說是巧合也巧過頭了吧？

「救命啊——！」

那群人似乎也注意到了我們，開始大聲求助，神色非常慌張。

「……有點可疑。」

「會嗎……？」

「蘿蕾雅，這世界上不是只有善良的人會求救。」

假設有個人看起來很無助的站在路邊好了。

其實也不是不可能出於好心走過去幫忙，卻發現是盜賊設下的陷阱。

像我們可以保護自己倒是還好，但我不能讓沒辦法戰鬥的蘿蕾雅輕易接近可疑人士。

「其實最安全的方法是直接從這裡用比較強的魔法把那些人跟巨蟲一起炸飛……」
「我也覺得店長小姐那麼做比較安全，可是我們還不知道那些人是敵是友，直接犧牲他們的命不太好吧……」
「果然還是別這麼狠比較好嗎？」
看到凱特小姐似乎不太同意，還有一旁的蘿蕾雅不斷點頭附和的模樣，我也不好意思不顧她們的反對。
如果那些人很明顯是盜賊，就不用留情面了……真可惜。
「那個……我希望妳可以幫幫他們。他們是很正直的衛兵。」
「可是他們是吾豔從男爵的部下耶。妳知道吾豔從男爵是什麼樣的人嗎？」
「唔，妳這樣一說，我還真的沒辦法反駁妳！」
看來她也知道吾豔從男爵的行事風格。
面露難色的瑪里絲小姐一度語塞，但很快就變得一臉正經，並凝視著我說：
「不過，我的想法還是不變！我也會幫忙，麻煩妳救救他們吧！」
「既然妳都這麼說了……好吧，反正對他們見死不救，也會害我有罪惡感。」
我看向凱特小姐跟艾莉絲小姐。她們也點點頭，同意幫助那些人。
如果要以確保我們的安全為優先，故意犧牲他們也不失是一個辦法，可是看到蘿蕾雅這麼擔心鬧出人命的模樣，我也不太想害她看到那群人在自己眼前喪命……啊，有一個人被觸角彈開，摔到陷進雪裡了。

看來我們沒多少時間可以猶豫。

「瑪里絲小姐，妳會用武器嗎？」

「至少比外行人會用！」

那就是不太會用的意思了。畢竟只要有達到學校要求的最低標準，就可以拿到學分。

「瑪里絲小姐就待在這裡用魔法攻擊吧。那，要上了。」

其他三個人不需要我明說，就已經知道自己該做什麼了。

凱特小姐立刻拉弓，艾莉絲小姐則是大聲警告被追趕的那群人。

「你們不要再往這邊跑了！換往左右兩邊跑！」

弦上的箭在她說完這句話的同時飛向目標。

凱特小姐瞄準的不是那群可疑人物，而是滑雪巨蟲的長長觸角。

箭精準插進左邊的觸角，讓巨蟲發出「嘰啊啊啊！」的刺耳哀號。凱特小姐皺起眉頭，可是原因不是出於巨蟲的叫聲，而是這一箭的成效。

「什麼？居然連用這把弓都射不穿？」

凱特小姐的弓箭在打火蜥蜴的時候完全派不上用場，所以我幫她稍加改良，改造成可以灌注魔力進去。

那把弓在改造過後射出的箭最快可以到原本兩倍的速度……但很可惜沒有射斷觸角，只有插進去。

畢竟當初為了節省開銷，是直接拿凱特小姐原本那把弓來改造。

「至少箭還射得進牠的觸角，只是可能需要換用別種箭來增加威力。」

「唔唔，欠的錢又要變多了……」

凱特小姐在聽完我的建議以後露出哀怨神情。

特殊的箭雖然遠比用來對付火蜥蜴的冰凍箭便宜，卻也還是非常昂貴。

而且要回收再利用也需要多花錢。光是把單純只運用冶煉技術打造出來的箭撿回來用都需要修理了，更何況是透過鍊金術打造出來的特殊箭。

沒多少錢可以保養的話，其實很難隨手拿來用。

要是順利殺死目標賺到的錢還付不起維修弓箭的費用，就等於是做白工。

「妳到時候可以來跟我談談要怎麼處理維修費——牠要過來了！」

滑雪巨蟲被箭射中之後甩了甩觸角，想甩掉插在上面的箭，而這一箭或許也讓牠認定我們是敵人，牠開始迅速往我們這裡溜過來。

「接下來換我來！——『風刃』！」

我身後的瑪里絲小姐對滑雪巨蟲施展攻擊魔法。
她大概是考量到這裡是雪山，魔法的規模並不大。這道魔法把滑雪巨蟲的左前腳砍成一半，甚至連後面的腳都因此受到重傷，使得巨蟲身體嚴重失衡。
「喔！真不愧是鍊金術師！那妳就繼續——」
艾莉絲小姐對這道魔法的強大威力相當吃驚，然而瑪里絲小姐卻立刻搖搖頭，說：
「我沒辦法再用了～剛才那次就快耗掉我所有魔力了。」
「妳也一次用太多魔力了吧！」
「我只是照著妳說的做而已啊。再來就交給妳們了～」
居然就這樣不管了！不對，現在這種情況下，或許也不能說她判斷錯誤？
滑雪巨蟲麻煩就麻煩在牠可以在人類會被拖住腳步的厚厚積雪上來去自如，還有牠那雙攻擊範圍很遠的長長觸角。
讓牠無法利用自己的優勢，穿著雪靴的我們就可以占上風。
而且不習慣戰鬥的人在戰鬥途中施展攻擊魔法很可能波及到別人，很危險。
所以瑪里絲小姐這種把一切賭在第一次攻擊的做法，反而可以說是非常正確。
當然，可以說這麼做很正確的前提是需要有其他戰力幫忙打倒巨蟲。
「店長閣下，我要上嘍！」

「好！」

能夠幫忙打倒巨蟲的「其他戰力」──我跟艾莉絲小姐開始跑向滑雪巨蟲。目標是牠的觸角跟腳。

我們先跑向傷勢較重的左邊，滑雪巨蟲的觸角也從上方對我們展開攻擊。

但是牠準備攻擊的動作很大，除非腳卡在雪裡，不然不會太難躲。

跑在前面的艾莉絲小姐加快速度，往斜前方跳開；我則是稍稍減速，看著觸角劃過我眼前。

插著箭的觸角戳進雪裡，揚起一片白白細雪。

我一腳蹬向牠在雪裡的觸角，揮下拿在手中的劍。

這一劍幾乎沒有受到任何阻力，就像在砍某種很脆的物體。

比我的腳還粗的觸角被砍斷半截，倒落地面。

同時傳來一陣比剛才更大的哀號聲。

隨後滑雪巨蟲忽然整隻大力一晃，不曉得是不是失去觸角所導致的。

「店長閣下果然厲害！」

開口稱讚我的艾莉絲小姐動作也非常迅速。

她的動作完全沒有因為敵人的一舉一動變得遲鈍，最後用力揮下握在手裡的劍。

鏗！

這一劍砍破了剛才被魔法砍傷的第二條腿的關節部位，傳出聽起來相當堅硬的聲響。
牠腳部前端類似滑雪板的部位因此脫落，讓牠更加無法站穩。
滑雪巨蟲正是因為有外形平坦的腳，牠巨大的身軀才有辦法穩穩站在柔軟的雪上。
也就是說，當滑雪巨蟲一旦失去可以滑雪的腳跟頭上的觸角，牠就只是一隻單純長得很巨大的蟲。
——不對，長得很大隻的蟲也夠可怕了。
「艾莉絲小姐，妳直接過去砍牠的左後腳！」
我一開始往滑雪巨蟲仍然安好的右邊觸角方向跑，牠就嘗試優先處理掉眼前的我，朝著我甩下觸角。
——如果牠還記得剛才發生的事情，應該要對我有點戒心才對。
我當然順利避開了它的觸角，拿劍砍下去。
感受到微小的阻力以後，滑雪巨蟲的觸角再次慘遭砍斷。
我再接著把劍往反方向揮，打算砍牠的眼睛。滑雪巨蟲怕得把頭移開，但艾莉絲小姐已經揮下了第二劍。
「喝！」
這一劍非常強勁。比剛才更加強力道的一記攻擊，精準砍斷了第三隻腳。

滑雪巨蟲這才終於完全失去了平衡，慢慢往左側傾倒。
牠的身體倒向連忙逃開的艾莉絲小姐原本站的位置。
啪！
或許是因為積雪非常厚──
牠的巨大身軀倒下的聲響遠比原本預料的輕盈許多，四周濺起柔柔細雪。
再來要做的事情就很單純了。
我們一邊小心避開牠不斷揮舞的腳，一邊砍斷剩下的三隻腳，等牠完全動彈不得以後，再砍下牠的頭。我們第一次對付巨蟲的一戰，就這麼圓滿落幕。
「辛苦了。妳們解決牠的速度比我想像中的還要快……雖然我從頭到尾只能在旁邊看。」
「對啊。我還以為巨蟲會再更有威脅性一點。」
蘿蕾雅跟凱特小姐在看到敵人不再動彈以後走了過來，說出自己的感想。然而艾莉絲小姐卻露出有點複雜的神情，指著被砍斷的頭部說：
「牠已經夠有威脅性了吧？妳看看牠的大顎。如果我們在雪地裡慢慢走，老早就被牠的大顎夾死了。幸好有店長閣下提供的雪靴，才沒變成牠的獵物……」
「畢竟滑雪巨蟲是因為牠能在雪地上快速移動，才會被視為很危險的巨蟲。只要有辦法應付這一點，就不算多大的威脅了。」
「原來如此。要是沒有穿雪靴，就會變成像他們那樣吧？」
凱特小姐的視線停在愣愣看著我們的幾名——正確來說是三名男子身上。一開始看到他們時還有十個人左右，然而多數人都遭到滑雪巨蟲攻擊，四處都可以看到他們的夥伴躺在雪原上。
有幾個人還能搖搖晃晃地起身，也有人已經完全動也不動。
很明顯需要有人馬上幫忙救治傷患，可是……
「我可以保證他們真的是南斯托拉格的衛兵！」
「呃，就是因為妳很確定他們是衛兵才麻煩……」
我看向挺胸保證他們就是衛兵的瑪里絲小姐，她才忽然想起為什麼是衛兵反而麻煩，視線在我們跟這群衛兵之間游移不定。
「我都忘了！這下糟了……」
如果他們是採集家，就不用考慮太多。
只要在不會害我們也遇難的前提下提供協助就好。
可是，我們現在面臨的問題是他們很可能是敵人——
「總之，我們先問問看他們怎麼會在這裡吧……而且我有聞到那個東西的味道。」
「這……說得也是。看來我們得好好問清楚他們的來意了。」

我在跟巨蟲交戰的途中就注意到了一種味道。

我一提出質疑，瑪里絲小姐也稍稍皺起眉頭，一臉嚴肅地同意我的意見。

「——這麼說來，的確有種奇特的味道。這種味道怎麼了嗎？」

「這種味道是用來吸引蟲類的鍊藥散發出來的。主要是在需要收集蟲類鍊金材料的時候用的……而它當然也能吸引巨蟲。」

「原……原來有這種鍊藥？要是我，我會有點不想用它。」

「只有幾隻蟲是還好，可是如果引來了一大群的蟲……」

凱特小姐跟蘿蕾雅大概是想像到數都數不清的蟲排山倒海而來的景象，一同皺起眉頭。

嗯，我自己也是做出來了以後就盡可能不去用到這種鍊藥，還把它層層密封起來放在倉庫。

因為要是不小心在家裡打翻那種鍊藥，後果絕對不堪設想。

它甚至比一些毒藥更需要小心存放。

「我很在意他們怎麼會有這種東西，不過，實際用了這種鍊藥的——」

「很遺憾，應該也是他們——你們幾個！過來這裡一下！」

「記得先丟下武器。你們如果敢輕舉妄動，就會變得像這隻蟲一樣喔。」

瑪里絲小姐要那些衛兵過來，艾莉絲小姐也踢著滑雪巨蟲被砍斷的頭威脅他們。衛兵們毫不猶豫地照做。

他們丟下手上的劍，其中兩個人去查看癱倒在後頭的夥伴，剩下的一個人則是舉起雙手，拖著受到厚厚積雪阻擋的雙腳朝我們走來，說：

「我是南斯托拉格第六警備小隊隊長，馬迪森。我想請各位幫個忙。求求妳們救救我的下屬吧！」

「這就得看你怎麼回答我們的問題了。吾豔從男爵領地裡的衛兵剛好跟我們在同個時期進來雪山，還剛好在路上碰到滑雪巨蟲襲擊，又剛好往我們這個方向逃──這世上應該沒有這麼巧的事吧？」

「你不說清楚，我們就得花更多時間在你身上。你如果真的那麼重視你的下屬，就趕快實話實說。」

我們幾個人都有穿雪靴，沒穿雪靴的他幾乎腰部以下都在雪裡。就算跟他打起來，我們也應該會贏。只是他們是本來就有一定實力的衛兵，所以我並沒有放鬆戒心，然而他的回答卻有點出乎我的預料。

「吾豔從男爵命令我們引誘滑雪巨蟲去攻擊那邊那個鍊金術師。用來吸引蟲類的鍊藥是領主那邊的鍊金術師給的。」

男子毫不隱瞞地把正常情況下絕對不該說出口的情報全盤托出，使得艾莉絲小姐心生懷疑，皺著眉頭問：

「……你怎麼承認得這麼乾脆？」

「因為我們膽敢對可以輕鬆打倒滑雪巨蟲的妳們動手，一定會沒命。不對，我的許多下屬現在都命在旦夕，就算沒對妳們動手，都可能會喪命。我是他們的隊長，我必須做出最有希望保住他們性命的選擇。」

馬迪森說著看往接受其他兩人救援的夥伴。

目前還不知道他們傷勢有多嚴重，但看起來有很多人無法正常行走。假如我們決定見死不救，想必只有極少數人能夠成功下山返鄉。

「你的選擇很明智。可是，你們本來打算要怎麼把引過來的滑雪巨蟲推給我們處理？」

「領主的鍊金術師還有給我另一種鍊藥。說把這個砸到妳們身上就好。」

馬迪森拿出一個小藥瓶。

瑪里絲小姐接過藥瓶，微微打開瓶口聞起藥水的味道。她立刻一臉不滿地說：

「這是會讓巨蟲變得很亢奮的鍊藥。被這個潑到會很危險。」

我沒聽說領主有自己的鍊金術師……該不會是那傢伙吧？

那個在南斯托拉格坑客人錢的黑心鍊金術師。

他說不定是因為自己的店「順利」倒閉了，才會去投靠領主。

「可是你們剛才看起來沒有打算把這個丟在我們身上。為什麼？」

被這種藥灑到應該也不會讓我們打不過滑雪巨蟲，但的確會變得比剛才更危險。

馬迪森一聽到我懷著這種想法提出的疑問，就苦笑著回答：

「妳覺得我會忍心殺掉跟我女兒差不多大的小孩子嗎？要不是領主有派私兵來監視我們，我們早就在半路上開溜了……」

「呃，可是你們也是領主的私兵吧？難道不是嗎？」

蘿蕾雅的合理質疑，使得馬迪森一臉無奈。

「我們也是幫領主做事，要說是私兵也沒錯，但是來監視我們的是領主親自訓練，而且專做髒事的私兵。我們原本的工作是負責維護城鎮治安。在鎮上巡邏、抓小偷，或是幫忙調解紛爭，才是我們該做的事情。領主一般不會直接命令我們做什麼……結果還是遇上這種鳥事。」

馬迪森說著深深嘆了口氣，接著看向我們，試圖尋求我們的同情。

「我們的家人都在南斯托拉格。妳們應該也知道我們敢拒絕的話……會有什麼下場吧？」

「……雖然還是有點納悶，但我可以理解你的苦衷。畢竟對方是貴族，還是自己的領主。」

蘿蕾雅顯得有點不滿，卻仍然最先表示能夠理解他們是不得已。

「其實也不是所有貴族都像他那樣……」

艾莉絲小姐的表情相當複雜。我也有貴族的朋友，當然可以理解馬迪森的苦衷，可是完全不做虧心事的貴族絕對不算少數——不對，作風正直的貴族可能還比較多。

然而很遺憾的是，作風不正直的貴族帶給平民的影響一定比較大。

就算只占少數，仍然無法避免容易引發不滿的作風在人們心中留下更強烈的印象。

所以，大多平民對貴族的認知會是像蘿蕾雅那樣。

「對了，那個監視你們的人呢？」

被他知道你把實話全部說出口不太好吧？接著，馬迪森就面露微笑回答：

「喔，他在我們去挑釁滑雪巨蟲的時候出意外死了。」

「哦，意外啊。」

「對，意外。」

艾莉絲小姐微微挑起眉毛詢問，馬迪森也面不改色地再次表示是意外。

不知道他說的意外是偶發意外，還是人為的意外。

……但我們也沒必要追究下去。要是他回答「我們故意假裝成意外把他殺了！」或是「感覺可以趁機殺掉他，就直接動手了」，我也不知道該做什麼反應。

只是從他對那個監視者的態度來看，應該就算沒有主動下手，也至少有故意在對方出意外的時候不伸出援手。

「妳們或許會覺得我們做了這種事還想求救很厚臉皮，可是我還是想求妳們幫幫忙。」

「你的意思是要我們幫忙救治傷患跟協助你們下山吧？這個嘛～……」

馬迪森在坦白所有他知道的事情之後向我們求救，我不禁雙手環胸，煩惱該不該幫助他們。

我不打算責備他把自己家人的安危看得比外人的生命還重。

即使他的行為構成犯罪——只是這次是領主下令的，能不能說是犯罪還很難說——我仍然可以理解他想要保護家人的心情，不能怪他把家人擺在第一順位。

只是我們這些被陷害的就很倒楣了。

而且就算看在我們也沒受傷的份上可以原諒他們，也還存在其他問題。艾莉絲小姐跟凱特小姐……果然也很煩惱該不該幫他們。

一直到剛才都還很積極想幫助這些衛兵的瑪里絲小姐，現在也是保持沉默。

這時，本來在一旁默默觀察我們有沒有意願幫忙的蘿蕾雅眼神開始游移，不斷動來動去的雙手也看得出她有點靜不下心。她戰戰兢兢地開口問：

「那個……我們真的不能幫他們一下嗎？」

「嗯～蘿蕾雅妳真的很好心耶。明明才剛差點被他們害死。」

「可是，馬迪森先生他們只是聽領主的命令而已，而且我也不覺得他們會想傷害我們……」

不曉得是不是因為蘿蕾雅也是平民，會比較容易同情無法違抗貴族命令的這些衛兵？

雖然我自己也是一直到好幾年前都還待在接近社會底層的世界。

如果他們今天是直接攻擊我們，我當然不會手下留情；但他們願意舉雙手投降，我也不是不能考慮選擇原諒。只是在那之前得先解決其他問題。

艾莉絲小姐代替我講明他們惹了什麼大麻煩。

「蘿蕾雅，妳知道意圖傷害鍊金術師這種行為就算只是未遂，也一樣是重罪嗎？甚至大多情況下會被判死刑。」

「真……真的嗎？我知道會被判重罪，可是……」

說真的，我也很好奇他們的行為會被判多重。

如果先不論事前挑釁滑雪巨蟲這部分，他們的行為客觀看來就是「把追著自己的巨蟲引去追別人」。

其實這樣就夠惡劣了，卻也絕對不可能足以被判死刑。

雖然事發地點屬於哪個貴族治理的領地，也會造成判決輕重上的差異啦。

不過，被害人是鍊金術師就不一樣了。這種情況就算真的純粹是意外致死，也會高機率被判處死刑。假如是謀殺，則是就算沒有致死，被判死刑的機率仍然高達九成九。

只是這並不是鍊金術師的特權使然，是因為國家相當重視鍊金術師的存在。

畢竟鍊金術師是國家耗費大量資金培育出來的國有財產。

如果意圖傷害國有財產，當然無法避免吃上重罪。

「順帶一提，別看艾莉絲這副模樣，她也是貨真價實的貴族。這一點也會大幅影響到你們的罪責。」

「對，別看我這副模樣——等等，凱特，妳說『別看我這副模樣』會不會太過分了？」

艾莉絲小姐略微不滿地詢問凱特小姐。凱特小姐輕輕聳了聳肩，嘆著氣說：

「那，艾莉絲妳有辦法抬頭挺胸地說自己是貴族千金嗎？我很樂意聽到妳這樣自稱喔。」

「——嗯。別看我這副模樣，我其實是個貨真價實的貴族。你們上法庭一定會被判死罪。說不定連你們的家人都得遭受連坐處分。」

艾莉絲小姐在短暫沉默之後，若無其事地接續剛才的話題。

看來她不打算改善自己乍看不像貴族這點。

不過，她用平淡語氣說出的這番話，也是相當不留情。

平民攻擊貴族的罪責的確很重，然而馬迪森或許是因為不知道艾莉絲小姐是貴族，本來就冷到發白的臉又接著迅速失去血色，變得很接近土黃色。

「衛兵行為導致的後果——至少單論基於執行命令所導致的後果，一般都會由下令的人來負責……可是你認為吾豔從男爵會願意負責嗎？」

「…………」

馬迪森以沉默回答艾莉絲小姐的提問。

他大概也知道吾豔從男爵不可能願意負責。

要是他真的願意為自己做的事情負責，又怎麼可能會想用暗殺這種手段呢。

「可惡！原來我們有沒有成功完成任務都會被推出來扛責任！」

馬迪森很不甘心地握拳捶向地面。柔軟的細雪並沒有強行接下這一拳，而是默默地逕自往四周飛散。彷彿在敲打空氣的觸感，讓他又氣得把雪踹開洩憤。

「他也有可能會計劃在把我們滅口以後順便湮滅證據。他有沒有這樣要求你們？」

「要做到那個地步的話，我——雖然還是沒膽拒絕，但一定會想辦法開溜。至少我是沒聽說需要湮滅證據。死掉的那個直屬私兵知不知道就難說了。」

「說不定他本來打算在你們準備動手之前才說清楚，再逼你們一定要照做。像是威脅你們不把我們全部殺了，就等著跟家人一起被處理掉。」

「唔唔……」

剛剛才說寧願逃跑也不願意殺我們的馬迪森表情非常煎熬，看來他無法保證在家人的性命受到威脅的情況下，一樣會選擇不傷害我們。

他的反應讓蘿蕾雅感到些許不解。

「可是，你們的戰力不夠對付珊樂莎小姐她們吧？除非我們每一個人都已經奄奄一息了，不然你們再怎麼努力，也只會反過來被她們痛打一頓而已。」

「啊～小姑娘，妳別看我們現在一堆傷兵，我們也算有點實力的……」

原本一臉掙扎的馬迪森聽到未成年的小女生講得這麼不留情面，表情瞬間變得有點尷尬。然而，蘿蕾雅並沒有因此改口。

「可是你們現在連走路都有問題吧？我不覺得你們在這種狀態下能躲過凱特小姐的箭。而且單論要逃過你們的追殺，連我都跑得贏你們。」

蘿蕾雅說得像是自己跑得很慢，可是她從小就在鄉村裡長大，腳程其實相當快。

就算是鍛鍊出好腳力的成年男子，也很難在腰部以下都埋在雪裡的狀態追上穿著雪靴的蘿蕾雅，更不用說是很習慣應戰的凱特小姐了。

被凱特小姐拉開距離的話，他們來個一二十個人也只能全數淪為標靶。

我們簡單說明彼此之間的實力差距後，馬迪森就疲憊地垂下肩膀，說：

「妳們說得對……其實我也不希望領主擬定一個能確實殺死妳們的計畫啦，但也真的擬定得太隨便了。我從來沒聽說過妳們這麼強……」

馬迪森嘆出很深沉的一口氣，並在緩緩抬起頭後露出充滿某種決心的嚴肅神情，直直凝視著我，完全一反剛才的喪氣模樣。

「可不可以用我一個人的頭顱來賠罪就好？我的下屬只是服從我的命令而已。」

「這也不好說……你們要受到什麼處置，不是我可以決定的。」

我很欣賞他願意犧牲自己來保護下屬的勇氣，可是如果要讓這件事步入公堂，我唯一能做的就是把整個來龍去脈回報給司法機關。最後還是得由王都的司法機關來決定怎麼處置這些衛兵。

——不過，他們大概不會因為這些衛兵有苦衷，就減輕刑責。

感覺他們會懶得花力氣仔細調查，就直接處死實際陷害我們的這些衛兵。

因為王都的官員一點也不在乎非直轄領地的平民。

他們大概不會考量到每個人背後的苦衷，直接照著標準流程來審理。

「而且我也不想收下你的頭顱，畢竟對我沒有好處。我可能還比較想要吾豔從男爵的頭顱，至少有意義多了。」

「這……這樣啊……小姑娘，妳講話還滿嚇人的嘛。」

馬迪森怕得往後退開了一點。我發出「呵呵」的笑聲，說：

「我們可是差點被他害死耶，這點要求不過分吧？」

我們用正大光明的手段對付吾豔從男爵的騷擾，他卻想用違法手段處理掉我們，簡直跟盜賊沒兩樣。

而且做法形同把這些衛兵的家人當成人質，逼他們只能乖乖聽話引誘巨蟲來攻擊我們。

甚至他之前就已經派人來我店裡鬧事。雖然沒有造成任何損失，卻也不改他就是要來找我碴的事實。

……我看我可以直接動手除掉這個大麻煩了吧？

「店長小姐，妳冷靜點。那傢伙雖然是人渣，可是他是貴族，我們對他動私刑會很麻煩。」

凱特小姐把手放到我肩膀上，要心裡忍不住湧現殺意的我先冷靜下來。

「對……對啊，珊樂莎小姐。妳不能隨便對貴族下手——」

「真要殺他，就得先想好我們可以不用為他的死負責的計畫。妳不一定要親自動刀殺他。」

「咦！」

蘿蕾雅訝異得睜大眼睛，直盯著凱特小姐。艾莉絲小姐也同意凱特小姐的看法。

「嗯，尤其他之前也背叛我們的信任，在借貸合約裡動手腳。我們欠了店長閣下莫大的人情，只要是我們能幫的，我們都願意幫。而且要是吾豔從男爵的權力變弱，對我們洛采家來說也有好處。」

「居然連艾莉絲小姐都這麼說……害他死掉不會怎麼樣嗎？」

「蘿蕾雅，妳別忘了我看起來再怎麼不像，也的確是個貨真價實的貴族。」

「……啊，說得也是。明明才剛聽妳們提過，我又忘了。」

或許是艾莉絲小姐的形象有點難聯想到貴族，蘿蕾雅在經過提醒之後才想起來。

艾莉絲小姐對她的反應露出些許苦笑，並接著說：

「其實貴族之間常常有權力鬥爭，只是我們洛采家不曾參與過而已。那些貴族一發現其他敵對貴族有什麼過失，就會開始抓著痛處往死裡打，甚至會故意誣陷對方。貴族的世界就是這麼殺氣騰騰的。」
「哇～貴族社會真可怕。幸好我生活中不會遇到貴族。」
「那個……我也是貴族……」
「……幸好我生活中不會遇到怪裡怪氣的貴族。」
艾莉絲小姐一臉尷尬地再次提醒蘿蕾雅自己是貴族，讓蘿蕾雅稍微訂正了自己的說法。
其實也不是只有貴族會有這種人，這世上每個人的個性都各有優缺。平民裡面也有些人會讓人避之唯恐不及，而貴族裡面也有善良的人。貴族跟平民應該就差在貴族的個性比較容易影響到更多人吧？
我忍不住有點同情被惡劣貴族當成棋子的馬迪森他們。
「那個～珊樂莎小姐以前到底做了什麼事情？吾豔從男爵的確是個有點問題的領主，可是一般會有人只為了報復一個鍊金術師，就用上這麼激烈的手段嗎？」
一直保持沉默的瑪里絲小姐語氣委婉地開口，提出疑問。我思考起可能的原因。
「唔～他之前來我店裡找碴，被我們想辦法趕走了。他可能是因為這樣才不爽我？」
「哎呀。他竟然敢去鍊金術師的店裡找碴，真是不成體統。」
不可以對王國領地範圍內的鍊金術師輕舉妄動——
瑪里絲小姐一聽到吾豔從男爵打破了貴族不可能不知道的常識，便皺起了眉頭。但她似乎也同時對此感到疑問，一臉不解地說：

「可是，怎麼會因為這點小事就這麼狠……？而且動用暴力來報復鍊金術師的風險太高了。吾豔從男爵真的沒常識到這種地步嗎？」

「應該要再加上更之前還有因為艾莉絲和其他一些事情惹到他吧？」

「有嗎？我沒做什麼特別的事情惹他啊。」

「妳弄了一片收不了稅金的藥草田。」

「我的手段是合法的。」

「還鬥垮了跟他有掛鉤的商人。」

「我的手段是合法的。」

「還用調停的方式讓他收不到高利貸的利息。」

「我的手段是合法的。」

我做的一切都是合法的。從頭到尾都沒有違法。

「珊樂莎小姐……妳……」

然而瑪里絲小姐卻用很受不了我似的眼神看著我。我多補充一句：

「順帶一提，那個被鬥垮的商人叫做都仕．窩德。」

「那就是合法的了！珊樂莎小姐是對的！」

她翻臉比翻書還快。

畢竟瑪里絲小姐就是因為都仕．窩德被鬥垮，才能逃離無止盡的欠債地獄。

「其實就某方面來說，這些衛兵也算是被妳影響到的受害人吧？」

「……可是那也是因為吾豔從男爵有錯在先啊。我又沒做什麼壞事。」

我沒有反擊（？）吾豔從男爵的話，馬迪森他們的確很可能就不會收到來陷害我們的命令，但是這也不能怪我吧？

「妳說得對。不過，我還是不忍心對熟面孔見死不救。妳能不能考慮幫他們一下呢？」

「唔～反正我跟他們幾個無冤無仇，我是不反對救他們啦……可是瑪里絲小姐應該也知道要處理一些很麻煩的問題吧？」

就算可以治療他們的傷勢，再帶走不動的人下山，而且完全不會缺糧食，他們依然得面對幾乎是死路一條的法律制裁。我沒有能力用正當手段幫助他們逃過死劫，也沒有理由冒險幫助他們。不過——

「總之，還是先幫他們治療吧。要是因為我們談太久害本來活得下來的人死掉，我也會有罪惡感。而且他們好像也已經把所有人都帶回來了。」

馬迪森回過頭，跟著我一起看向他的身後。他在看到夥伴們都被帶回來集合後鬆了一口氣。

「一、二、三……所有人都在。」

其中一個人走過來我們這裡，向馬迪森敬禮。

「隊長，我們把所有人都帶回來了！」

「這樣啊。大家情況怎麼樣？」

「幸好沒有人身亡——喔，只有那個垃圾例外。」

他在微笑著回報現況以後，又語氣兇狠地多補充了一句。

他說的「垃圾」應該就是那個「出意外」的領主直屬私兵吧。

從他語氣中的厭惡，都能感覺到那個「垃圾」有多惹人厭。

「那個垃圾就別管他了。丟在這裡就好。」

「是，我也是只拿走他身上一些用得到的東西，沒有拖著他回來。」

「嗯，很好。」

男子面露非常燦爛的笑容豎起大拇指，馬迪森回答的時候也露著奸笑。

艾莉絲小姐見狀脫口說出自己的疑問。

「……等等，那樣真的好嗎？」

雖然我也覺得好像不該說「很好」，可是我也沒有好心到會要他們連那個人的遺體都一起帶回去。

尤其對方又是想來害死我的人。

我只會對半徑幾公尺內的人表現出我的善良。這個「半徑幾公尺」當然不是指物理上，而是心理上的。

「那，隊長……你們談得怎麼樣了？」

對方應該也知道他們本來就沒道理得到我們的協助。

男子放下剛才豎起的大拇指，一臉不安地觀察著我們的臉色。

「她好像願意幫大家治療。但我們能不能下山，就要看她們願不願意大發慈悲了……反正也總比在這裡打起來好吧？」

「那當然。有機會得救比一定會死在這裡好多了。而且我也不想跟不在床上的女生打架。還是在床上『這樣』互相碰撞比較有趣。」

男子伸出拳頭，用色瞇瞇的笑容多說了一句沒必要說出口的話。

馬迪森立刻動手揍了他一拳。

「卡特！你說話別這麼下流！現在有貴族家的千金在場啊！」

「咳噗——！」

卡特被揍得彎下腰來跌倒在地。馬迪森不顧他跌倒的隊員，直接對艾莉絲小姐低頭道歉。

「不好意思，是我沒有教好他。」

「呃，我是沒有很在乎啦……他沒事吧？」

「我沒怎麼樣！剛才是我失禮了！」

艾莉絲小姐或許也是不好意思在這種狀況下抱怨，語氣聽起來有點尷尬。卡特立刻站起來低頭道歉，隨後視線轉向我，詢問我是否能提供協助。

「那……那麼，可以麻煩妳幫大家治療嗎？有些人傷得很重。」

「沒問題。不過，可能要請你盡量不要開黃腔了。」

尤其還有未成年的蘿蕾雅在場——等等，她看起來一點都不在乎耶！……仔細想想，蘿蕾雅其實比我還要更不怕這種話題。畢竟鄉下地方本來就很早結婚。

卡特似乎十分重視有能力治療傷患的我的意見，很快就開口回答：「我會多加注意措辭！」

「嗯，那就麻煩你注意一下了。我看看傷患……有九個人。」

馬迪森的部隊總共十二人，只有包含馬迪森在內的三人毫髮無傷。

有五個人還可以自己站起來，剩下四個人則是躺在雪地上。

他們身體底下有鋪著毛皮防寒，可是山上的天候變化得很快。看來動作要快了。

「那我馬上來幫大家檢查傷勢……但你們不要趁機動歪腦筋喔。別看我好像很瘦弱，我可是能一腳踢死地獄焰灰熊的。」

現在還不知道他們之後會怎麼樣，我不太希望他們看到我手上沒有武器就覺得有機可趁，在我看診的時候攻擊我——最主要是因為我會沒辦法手下留情。

我出言警告是出於不想失手殺掉他們，而他們在聽到我這麼說以後，都露出了一臉難以言喻的神情。

「（哪有人看到她剛才打贏巨蟲還會覺得她瘦弱啊……）」

「（是說，她居然能用腳踹死地獄焰灰熊喔？太誇張了吧。）」

「（真的假的？她根本就是怪物吧。）」

在場的各位傷患，你們故意講得很小聲，我還是聽得到喔。

到時候就別怪我在治療的時候手誤喔。

「（這就跟長得漂亮的花會帶刺是一樣的道理嗎？）」

……我心胸很寬大，也不是不能原諒你們啦。

檢查完每個人的傷勢之後，確定傷勢較輕的是只有撞傷跟手指骨折的兩個人。

手臂骨折跟腳部骨折的各三人，傷勢最嚴重的最後一個人不只兩邊大腿骨跟一邊手臂骨折，連肋骨都斷了幾根，但幸好沒有人傷重不治。

馬迪森他們的實力搞不好比我想像的還要更好？

如果今天跟滑雪巨蟲交手的是一般採集家，就很難避免有人送命。

雖然他們的人數比一般採集家團隊還多，而且是以逃跑為第一優先，但他們畢竟是以維持城鎮治安為主的衛兵，能所有人都活下來已經算很厲害了。
「洛伊德還救得回來嗎？他現在沒有意識，感覺很不樂觀……」
「拜託妳！救救副隊長吧！副隊長是為了保護我，才會受這麼重的傷……」
傷得最重的人叫做洛伊德，似乎是他們警備小隊的副隊長。
看起來最嚴重的是他腳部的骨折，但沒有變成開放性骨折，肋骨也不像有插到內臟，應該沒有立即性的生命危險。
副隊長似乎是要保護下屬才會受這麼重的傷，當時被他救了一命的人就是現在苦苦哀求我救活副隊長的男子。含淚看著我的男子看起來意外年輕，年紀應該跟我差不多？
他大概是對自己不小心害副隊長受重傷很自責，甚至還拖著他骨折的腳爬過來。馬迪森大喊「你先冷靜下來，帕托力克！」制止他。
「別擔心，他沒有生命危險。」
「真的嗎？太好了……」
「當然前提是不可以大幅度挪動他的身體。我先治療輕傷的人。」
雖然也可以先治療傷勢嚴重的人，可是這裡並不是適合醫治傷患的地方。
如果不先多讓幾個人可以自行走動，天氣變差的時候會沒辦法先去其他地方避難。
「只是，也只有兩個人可以用我的治療魔法徹底治好傷勢。」

「連珊樂莎小姐這麼會用魔法的人，都沒辦法治好手臂跟腳部的骨折嗎？」
「也不是辦不到……我之前是不是沒跟蘿蕾雅解釋過？其實治療魔法會在治療傷勢的同時，消耗掉傷患的體力。」
用鍊藥治療也會有一樣的現象，但一般用鍊藥消耗的體力會比用魔法少，而鍊藥的品質愈高，兩者之間的效果差異又會愈大。
另外，其實連專精治療的魔法師跟一般魔法師用的治療魔法也會有差，愈是熟練的人施展的魔法，就愈不容易造成傷患太大負擔。
「如果忽視消耗體力的問題，要幫他們治療骨折的手臂跟腳當然不難……」
強行治療會耗盡接受治療的傷患體力，導致傷患昏睡好幾天。
在安全的地方用這種方式治療是無所謂，可是現在是在雪山上，一個不小心就有可能凍死。
「喔，原來如此。如果是瑪里絲來治療呢？」
「我根本連治療魔法都不會用啊！」
瑪里絲小姐激動回應艾莉絲小姐的提問。
她的回答讓凱特小姐半瞇著眼看向她，似乎是覺得很傻眼。
「所以只有店長小姐能幫他們治療……剛才明明是妳自己說要幫他們的。」
「我說過了，是她太跳脫常識，不是我的問題！妳們要是以為每個鍊金術師什麼魔法都會用，我們這些一般鍊金術師也會很困擾的好不好！」
「我有點在意妳老是說我跳脫常識……不過，魔法的確不是鍊金術師的專攻。」
鍊金術師會把大部分時間用在鑽研鍊金術上，能學會很多種魔法的人其實很少。
「還有，我也不是專攻魔法的鍊金術師，所以除非真的有生命危險，不然我會想避免用魔法強行治療。尤其有時候很可能會產生後遺症。」
用魔法進行治療等於是藉由提高傷患的自我治癒能力來治療。像治療重傷就要把治癒速度壓在五倍到十倍會比較安全，輕傷倒是不需要多加在意。
所以我先治療好兩個輕傷的傷患，才開始治療骨折的人。
第一個接受治療的骨折傷患是人就在旁邊的年輕隊員，帕托力克。
因為他剛好已經爬來我旁邊了。
「麻煩找些可以用來固定骨頭的東西過來。那邊兩位來壓住他。」
「啊，好。」
「知……知道了。」
最先接受治療的兩位輕傷隊員一臉困惑地遵照我的指示壓住帕托力克，隨後我就抓住他斷掉的腳，矯正骨頭的位置。
「嘿。」

「唔！哇啊啊啊啊！」

衛兵們趕緊壓住大聲哀號的帕托力克，避免他繼續亂動。

「你是男生，再忍耐一下。」

「可……可是，真……真的好痛！」

當然會痛啊。因為你的骨頭斷掉了嘛。

「而且你亂動的話，會比現在更痛喔。」

帕托力克原本擔心副隊長安危的淚水轉變為疼痛造成的淚水，但要是我因為他痛到流淚就放緩動作，也只會浪費時間。

還有很多傷患等著我處理，就讓我用最快速度來治療吧。

「店長小姐治療的方式真的很不留情耶。」

「畢竟有效治療跟放慢速度來治療是兩回事。若是花更多時間幫他矯正骨頭，也只會害他痛得更久。」

我一調整完骨頭的位置，就在骨折的部位抹上止痛藥跟消炎藥，然後用衛兵們收集來的樹枝固定住骨頭，再用繃帶綁住，最後抹上一種透明的黏稠液體。

「珊樂莎小姐，那是什麼？」

「這種液體可以讓繃帶硬化。之後再淋水上去，繃帶就會變得硬梆梆的了。」

我一邊對蘿蕾雅解釋，一邊把用魔法製造的水淋上去，接著繃帶就冒出少許白色的泡泡，逐漸硬化。其實用普通的水也可以，但是含有魔力的水會加強它硬化的效果跟速度，還可以避免消耗飲用水。

最後再施展一次效力不算強的治療魔法——

「好，搞定了。你暫時不要亂動喔。」

「謝……謝謝妳。」

「嗯，也辛苦你了。」

我對帕托力克露出微笑，他蒼白的面容就稍稍恢復了血色。

大概是熬過這段治療，心情就放鬆下來了吧。

「——不，店長閣下，我猜應該不是妳想的那樣。」

「咦？什麼東西不是我想的那樣？」

「沒事——反正說了搞不好會多個競爭對手。」

「……？算了，無所謂。換下一個人嘍～」

我不太懂艾莉絲小姐話中的意思，但還是繼續著手治療下一個傷患。

其他衛兵都沒有像帕托力克一開始那樣亂動，不曉得是因為年紀比他還要大，還是早就已經做好心理準備了。總之，也多虧這樣，我才能在短時間內治療好他們。

接著換治療最後一個傷患，也就是傷勢最嚴重的洛伊德。

他仍然沒有恢復意識，呼吸也相當急促，看起來很痛苦。

如果要帶他離開，最麻煩的就是肋骨了。

讓繃帶硬化的液體只能一定程度固定住他的身體，而且他斷掉的肋骨要是不小心傷到內臟，搞不好會危及他的性命。能讓他保持不動的狀態當然是再好不過。

可是我們也不能一直在這裡待到洛伊德的傷勢痊癒。

「……肋骨部分可能多少要用治療魔法強行治療才行。手臂跟腳就避免用上治療魔法吧。」

我有點擔心魔法會消耗掉他多少體力，不過，治好肋骨應該可以讓他呼吸穩定下來。

我小心翼翼地只對肋骨部分施展治療魔法，手臂跟腳則是以不會用上魔法的方法治療，最後再把骨折的部位加以固定。看得出本來顯得很痛苦的洛伊德在治療完以後，呼吸也穩定了一點。

「這樣他應該過一陣子就會恢復意識了，不過還是得請你們特別注意別讓他身體受寒。」

「好，我知道了。喂，把多的防寒衣物都拿過來。」

我離開馬迪森他們身邊，到一旁清潔自己的雙手，再伸展一下舒緩筋骨。

「呼……」

「珊樂莎小姐，辛苦妳了。」

「店長閣下，妳的魔力會消耗太多嗎？」

「喔，妳不用擔心我的魔力。雖然傷患人數不少，但是我用的魔法也沒有多強，耗不了多少魔力。」

我只有用效果低的治癒魔法，還有用魔法製造九人份的水。

耗掉的魔力遠遠比不上平常鍊製的消耗量。

「可是還是有消耗一點體力吧？尤其矯正骨頭光看都覺得妳要一直繃緊神經，精神上應該很累吧？」

「這倒是有一點。畢竟我也不是醫療方面的專家。」

鍊金術師就算有學會一些醫術，也不改本業是鍊金術的事實——也就是說，製藥才是我們的強項。

我們會在實習課學習醫術，卻還是比專業的醫生缺乏經驗，也會花特別多心力小心注意自己平時不習慣的醫療行為。

簡單來說，就是鍊金術師會覺得直接做鍊藥灑到傷患身上，比慢慢抹藥包繃帶輕鬆多了——前提是不考慮鍊藥製作成本。

我這次用來治療的不是鍊藥，是普通的藥，但我用來硬化繃帶的鍊藥用在他們每一個人身上，也是不小的開銷。

他們都是平民，大概沒有錢付我這些鍊藥的錢。

可是也不能算他們免費，讓我煩惱得忍不住嘆氣。

「那個……畢竟是我說要救他們的，我來幫他們付錢吧。」

知道鍊藥不便宜的瑪里絲小姐看到我眉頭深鎖，便提議由自己來幫他們支付費用……

「瑪里絲小姐，妳不是沒有錢嗎？妳欠我們的債還沒還完吧？」

「唔！說……說得也是！而且我欠的錢不只沒變少，還變多了！」

居然變多了！——我忍不住在心裡暗自吐槽。

也難怪雷奧諾拉小姐會把她留在身邊顧著。

我扶起額頭，再次深深嘆了口氣。這時，對其他衛兵下完指令的馬迪森走來我這裡，並對我深深低頭敬禮。

「謝謝妳。這下我們應該所有人都能平安回去鎮上了。至於治療費……」

這種情況的治療費其實很難明確訂出一個價格。

如果有人親自來店裡要求治療，直接收原價就好。

如果是同個團隊的人需要治療，一般根本不會特地收費，鍊藥的價格也會算得比定價便宜。

基本上會是整個團隊的人平均分擔。

那，如果是剛好在野外遇到有人要求治療呢？

大多人會想要好心幫忙，可是消耗太多魔力跟藥劑會害得自己的團隊沒有醫療資源可用，等於是本末倒置。尤其去野外會事先考量過風險跟一路上可以帶多少行李，來決定該帶多少藥劑，珍貴程度一定比在城鎮裡買還要高。

所以沒有多餘資源的時候也可能會拒絕治療，而真的要治療，也絕對該提高治療費用跟藥劑的費用——可是在半路上求援的人大多就是因為沒有錢，才會無法自行處理疾病跟傷勢。只是這次情況比較特殊一點。

「我想想……跟你們收原價，你們應該會付不出來吧？」

「真的很抱歉。我家裡有放點儲蓄，可是也不確定夠不夠支付這次的費用……」

我猜警備隊的隊長收入應該也只比一般人多一些，而且就算馬迪森平時省吃儉用，大概也付不起野外治療的費用。

甚至他們有沒有辦法順利回到南斯托拉格都很難說。

我不需要他們的空頭支票，然而逼他們交出現在帶在身上的所有財產也沒有意義。

「——總之，你們先來幫忙肢解滑雪巨蟲，之後再把它搬下山吧。」

牠太大隻很不好搬，賣也賣不到多少錢，還是不無小補。

如果馬迪森他們也幫我們一起搬，就可以多搬一點回去換錢。

——只是應該還是很可能付不清治療費用。

「我們很樂意幫忙搬。除非妳要我們拋下受傷的人來搬那隻蟲。」

「馬迪森，你這話是在侮辱店長閣下嗎？」

馬迪森的假設完全是我絕對不可能會有的想法，讓我不禁皺起了眉頭，艾莉絲小姐也同時用低沉的語調詢問馬迪森的意圖。馬迪森連忙搖頭否認，並向我道歉。

「抱歉，開這種玩笑太失禮了。只是換作是那個垃圾人，就很可能對我們說這種話。」

不曉得他是指死在雪原裡的那個人，還是要他們來雪山陷害我們的人。

雖然不知道他指的是哪一個，但艾莉絲小姐一聽到這番可以聽出那些人是怎麼對待他們的解釋，臉上的嚴肅也消散了一點。

「嗯，原來如此……不過，重點是你們以後要怎麼辦。」

我們一同陷入沉默，開始深思。有兩個人或許是察覺到我們接下來準備聊起嚴肅的話題，找藉口離開。

「我不太懂政治，我去監督他們肢解巨蟲的情況～」

「我……我也過去幫忙！搞不好還可以多學到一些經驗！」

先不論瑪里絲小姐，蘿蕾雅說不定真的是想過去學點經驗？

反正也總比讓她留在我們這裡聽很灰暗的話題好，再加上能加快肢解巨蟲的速度也是好事。

我目送她們離開之後，才開口說：

「重傷的人數比我預料的少，應該不會影響到你們下山。」

「不，還是有幾個人沒辦法自己走路。我們要揹著不能走的人嗎？」

「等等再做雪橇給你們用。我們這裡有四個滑雪板。」

有我跟瑪里絲小姐在，要臨時做出一個用來搬運傷患的雪橇並不是難事。

而且路上定期幫他們施展治療魔法，應該除了洛伊德以外的所有人都能在幾天內恢復到可以自行走動。

「問題是馬迪森他們的處境……店長閣下，妳覺得直接放他們回鎮上會怎麼樣？」

「幸運一點會被關起來，倒楣一點會被滅口，以防止消息走漏。畢竟留你們活口也沒有好處。」

「小姑娘，妳講話還真不留情啊。但我也沒辦法否認妳的推測一定是錯的……」

馬迪森大概是覺得吾豔從男爵很可能真的會這麼做，喪氣地垂下了肩膀。

「如果可以反過來藉這個機會拉下吾豔從男爵，就能解決這個問題了。可是……」

「單論他派人攻擊艾莉絲跟店長小姐，應該就夠把他拉下台了，可惜實際上會有點難度。能證明他有罪的證人只有馬迪森他們，立場上一定居下風。有辦法請奧菲莉亞大人幫忙嗎？」

「……應該很難。她不太可能會幫這種忙。」

除非是我被人殺死之類的大事，不然師父應該不太可能願意出手。

「那看來要馬迪森跟從男爵對簿公堂就不是個好方法了。」

「是啊。他們就算能當證人，也很可能會因為實際動手的是他們——不對，他們很可能會直接被當成主犯判刑。」

「等等！我們是很樂意幫救命恩人上法庭當證人，但我可不希望到時候只有我們被判刑，吾黯從男爵卻可以安然脫身喔！」

我對急忙開口表達意見的馬迪森點點頭，接著說：

「嗯，只害你們受罰也沒有意義，所以就算真的需要你們上法庭作證，也得先等製造出能讓你們的證言有實質幫助的情況再說。也因為這樣，我認為滑雪巨蟲這件事基本上是只能隱瞞到底了……那馬迪森他們該怎麼辦？」

「到頭來還是得回到這個問題上啊。我認為真的要救的話，也只能當作他們在冬天的山裡全軍覆沒，然後幫助他們逃去別的地方……凱特，妳怎麼想？」

不知道是不是她們從小認識到現在，已經很熟悉彼此想法的緣故，凱特小姐似乎只聽艾莉絲小姐這道簡單的提問就知道她想要表達什麼，先是顯得很訝異，才開始進入深思。

「……要他們去我們那裡？正常我是會直接說不可能，可是現在……搞不好真的可行。」

「對吧？馬迪森，我們有個提議。」

艾莉絲小姐臉上浮現笑意，對一臉狐疑的馬迪森說起她的想法。

艾莉絲小姐提議他們可以舉家移民到洛采家領地。

很多平民一輩子不會離開自己出生的城鎮或村莊，移民到其他領地這個選項有時候甚至會攸關生死。

不過，馬迪森他們現在要是拒絕這個提議，就真的會攸關生死——不對，是幾乎死路一條，所以他們也只能答應，而我們也開始為這份移民計畫展開行動。

移民去洛采家領地最不可或缺的，就是要先徵得厄德巴特先生的同意。

即使艾莉絲小姐是洛采家繼承人，也仍然無法不經過當家的同意，就擅自處理重大到可能會演變成貴族紛爭導火線的大事。

所以凱特小姐得代表我們先回去向厄德巴特先生徵求同意。而瑪里絲小姐也跟著她一起去。

因為只讓凱特小姐一個人去太危險了。可是請艾莉絲小姐隨行又會削弱我們太多戰力，算是不得已才會選她們兩個當代表，但似乎不影響移民計畫的可行性。

就在我們來到距離約克村只剩半天路程的地方時。

凱特小姐獨自一個人來跟我們會合了。

「妳回來啦，凱特。爸爸有同意嗎？還有瑪里絲去哪裡了？」

「厄德巴特大人同意了。瑪里絲小姐也先回去南斯托拉格了。她說要先跟雷奧諾拉小姐報備，請她幫忙安排一些事情。畢竟還是要有人幫忙衛兵的家人搬家，不是嗎？」

「也對，這也很重要。如果是交給瑪里絲處理還會有點不放心，但既然是託雷奧諾拉小姐處理，應該就沒問題了。」

馬迪森他們無法回去南斯托拉格，得要有人幫他們的家人搬家──說穿了，其實就是要有人幫這些衛兵的家人暗中逃離南斯托拉格。

之前是瑪里絲小姐自願幫忙，只是她就算鍊金術的實力絕不算差，也還是會讓人覺得她非常不可靠。我本來很煩惱該不該信任她，可是她也的確比我們更熟悉南斯托拉格這個城鎮。

最後是不得已才會拜託她來處理這件事，但看來她好像打一開始就是要回去找雷奧諾拉小姐幫忙。

「那，馬迪森，你去叫隊員集合吧。我們要出發了。」

「好。我馬上叫他們做好準備。」

「店長小姐，妳們只有兩個人沒問題嗎？我可以先陪妳們回去，晚點再去跟艾莉絲他們會合……」

我們接下來要分頭行動。艾莉絲小姐他們要直接回去洛采家領地，而我跟蘿蕾雅則是要先回約克村處理菲力克殿下的委託。

凱特小姐看著我的眼神顯露不安，應該就是擔心這一趟只有我們兩個人。我對此笑著拍胸鋪保證：

「沒問題，反正要搬回去的東西也少了很多。」

我在路上有空就會動手處理掉滑雪巨蟲不需要的部位。

不需要用特殊方法保存的材料會請馬迪森他們帶去暫時放在洛采家，我跟蘿蕾雅則是只會帶少部分不拿回去工坊處理，就會很難長期存放的材料。

材料的量絕對不算少，不過，我們離村子只有半天路程，兩個人一起搬不至於搬不回去。

我一說完不需要擔心我們，艾莉絲小姐她們就面面相覷，接著說：

「不，我們是擔心吾豔從男爵會不會又去找妳麻煩……」

「一樣不用擔心。畢竟我也有點能力應付打鬥，如果他派來的又是跟之前那些流氓差不多的貨色，就不可能打得過我。反正應該也不會那麼剛好有武藝高強的流氓可以給他使喚。」

假如今天是在王都裡面，倒還有可能讓他找到那樣的幫手，但是南斯托拉格並不是像王都那樣的大都市。

應該不可能會有夠厲害的高手碰巧經過南斯托拉格，還剛好被吾豔從男爵請去當幫手。

應該不會吧……？

「不對，不可以太大意。我得準備一些遇到實力堅強的高手時，也保證殺得死對方的鍊器才行——」

我正在思考有哪些可以用來攻擊的鍊器時，艾莉絲小姐忽然開口打斷我。

「不不不！這個國家沒有恐怖到路上隨便都能找到贏得過店長閣下的人！我不是認為店長閣下可能會輸，真要說的話，我還比較擔心店長閣下氣到對吾黷從男爵下手過重。」

「氣到下手過重？妳說我這麼溫和的人會氣成那樣？我心胸很寬大的。」

我不會隨隨便便就因為一點小事生氣。

然而大家似乎不怎麼認同我對自己的看法。

「（喂，她說自己很溫和耶。）」

「（我記得她一看到魔物跑出來，瞬間就把魔物的頭砍斷了不是嗎？）」

「（是啊，我們連武器都還沒拿出來就搞定了。）」

「（是我記錯『溫和』這個詞的意思了嗎？）」

你們說這什麼話。我可是考量到有傷患在耶。

現在離他們被滑雪巨蟲弄傷已經過了好幾天，除了受重傷的洛伊德以外，都已經恢復到可以自行走動了。不過，目前仍然只有一半的人可以發揮全力應戰。

我是因為拖太久弄得戰況很混亂會很危險，才會盡可能用最快速度處理掉的好不好。

他們竟然這樣說我。但我不會因為這樣就生氣。

我個性很溫和的！

「我知道店長閣下很溫和又很好心。」

對吧？

還是艾莉絲小姐懂我。謝謝妳發表符合事實的評語！

「——可是店長閣下有時候下手還是會很不留情。」

「對啊。店長小姐要是回去看到自己的店被搞破壞，會有什麼反應？」

「妳不會氣到不小心下重手殺死吾豔從男爵嗎？」

我花了很多心力整理後院、重新蓋圍牆，還修補房子的外牆跟屋頂，換了一面好看的招牌，再把內部裝潢改成自己喜歡的樣子。

要是一回村子裡就發現我大費周章打理得美美的店被人搞破壞——我開始想像那種情景。

「…………應該不會啦，嗯。」

「妳猶豫得太久了吧！」

「店……店長小姐，妳要保持冷靜喔。」

「我很冷靜啊～妳怎麼會這麼說呢？哈哈哈。」

「可是，珊樂莎小姐，我剛剛也突然感覺到一股很毛骨悚然的寒意耶。」

哎呀，大概是因為我剛好想像到「吾豔從男爵一動也不動地躺在已經面目全非的店門口」，又不小心沒藏好自己的情緒吧。

「店長閣下，拜託妳真的不要太衝動喔。妳是平民，殺了貴族會讓整件事變得很麻煩。」

可是，就算那間店是我用超划算的價格買下來的，也一樣是我心愛的城堡啊。
敢動手破壞我那座城堡的蠢蛋根本不值得繼續活在這世上。
敢做那種蠢事的人就跟盜賊沒兩樣吧？
沒道理不讓那種人用命來賠罪吧？
凱特小姐不知道是不是從我的表情看出了我心裡的想法，嘆了一口氣。
「我看店長小姐是不是至少名義上跟艾莉絲結婚會比較好？那樣妳就會被視作貴族了。」
「唔……不……不用了，我會克制一點。」
我腦海裡有一瞬間閃過「那樣好像比較保險？」的想法。
平民殺死貴族的理由再怎麼合理，也一定會是平民被判死刑。
而且這不是背後有靠山或一點人脈就能解決的問題。
可是貴族殺死貴族就完全是另一回事。就算爵位差距不小，也不會無條件被判刑。
貴族之間如果是因為「決鬥」鬧出人命，就不需要為對方的死負責；如果名義上是「紛爭」，司法機關也會公平審理。
但我也不想只為了貪圖這種方便，就跟艾莉絲小姐結婚——
「店長小姐真的要出手的話，也要記得別讓任何人看到喔。因為晚一點才曝光就等於有時間捏造事實。」

「嗯。到時候再假裝凶手是我就好。反正我是貴族，店長閣下的恩情也值得我替妳頂罪。」

「呃，我真的不會動手殺他啦！」

她們兩個的神情太過嚴肅，嚇得我急忙澄清。

而且聽到艾莉絲小姐這麼說，我就更不可能會殺死他了！

——不過，我還是準備一些不會致命的攻擊型鍊藥來避免萬一好了。

一些會讓吾豔從男爵想夾著尾巴逃跑的鍊藥——不對，是讓他根本沒有餘力逃跑的鍊藥。

我在腦海裡回想著《鍊金術大全》裡有哪些鍊藥可用時，不禁發出了「呵呵呵」的笑聲。隨後，馬迪森他們就一臉驚恐地說起悄悄話。

「隊長，我們是不是聽到什麼不該聽到的事情了……」

「你要裝作沒聽到。我們的命已經掌握在她們手上了。」

「而且她還幫我們療傷，救了我們一命。我們只能盡可能提供協助，請她們幫忙處理掉那個領主了。」

「是啊。要是不想辦法搞定那傢伙，我們跟我們的家人很可能會沒命……」

「反正我沒有家人，萬一真的走投無路，就讓我去跟領主同歸於盡吧……」

「「「前輩……！」」」

幾名年輕隊員眼中泛起淚光，緊緊握住壯年男子在表明決心後用力握起的拳頭。

雖然乍聽之下很感人，但是那絕對不是個好主意。

艾莉絲小姐也著急地打斷他們。

「等一下！你們不要擅自打算壯烈犧牲啊。我不是說會幫你們逃過死劫嗎？馬迪森，你沒有把移民的事情告訴他們嗎？」

「畢竟還沒確定可以移民，我不想害他們空歡喜一場。再說，我們跟我們的家人加起來總共有五十個人，真的有辦法移民去其他領地嗎？一般很難一次接受這麼多移民吧？」

「沒問題。我是不確定你們現在知道多少，但洛采家已經答應讓你們跟你們的家人移民到我們的領地了。你們在那裡不會過得比以前輕鬆，不過我可以保證你們能正常生活，不用擔心。」

艾莉絲小姐出言保證不會虧待他們，然而馬迪森他們仍然有點不放心地與彼此對望。

「可是洛采家領地是農村吧？我不認為那裡會需要衛兵……再加上我們之中只有少數人待過農村，大部分都不曾做過農務。」

「而且普通農村應該沒有多餘農地可以分給新來的居民吧？」

「那就要從開墾開始做起了。感覺會很累人。」

「但我們移民過去可以保住自己跟家人的性命，累一陣子算不了什麼。也幸好我們的體力都很好，只要他們願意分一點土地給我們，都還好說。所有人一起參與開墾的話……」

「你們不要這麼著急啦！你們想當農夫的話，我們也可以提供農地。」

艾莉絲小姐再次打斷衛兵們討論到「反正辛苦一點也比沒命好」的對話。

「我們提供的農地收成量不一定能讓你們馬上多賺一點錢，不過你們不需要花力氣開墾。」

「如果真是那樣……你們給我們的待遇會不會好過頭了？」

不只是這麼問的馬迪森，連其他衛兵們臉上也開始顯露懷疑。

普通的農村正常情況下就跟剛才其中一名衛兵說的一樣，不可能會有多的農地。

農地一般會跟房子一起繼承，無法繼承家業的孩子通常會跟其他家庭的繼承人結婚，或是離開村子找工作，又或是碰碰運氣去開墾。要是有多餘的農地，就會優先分配給這些村民，而不是轉交給新來的移民。

所以他們會覺得很可疑也不是沒道理。

「現在的確沒有多餘的農地。但是這次店長閣下會幫你們處理，別擔心。」

「妳說那位鍊金術師姑娘會幫我們？那……倒也不是不可能。畢竟她那麼……嗯。」

衛兵們全看著我，並同時點點頭認為我的確辦得到。

其實我有點好奇他們沒說出口的部分是想說什麼……算了，無所謂。

順帶一提，雖然艾莉絲小姐說我會幫忙，不過目前預計到時候會是讓凱特小姐來試試看。我們說好可以趁這個機會實際運用我教她的開墾魔法。

所以除非凱特小姐失手，不然不會需要我親自動手。

但是她們兩個說很想介紹自己的弟妹給我認識，再加上我也想親自去確認凱特小姐開墾魔法用得順不順利，所以也不排除會去一趟洛采家領地。

「到時候你們可能還是得吃點苦，可是也總比全家都被判死刑好吧？」

衛兵們看到艾莉絲小姐露出微笑之後似乎也知道自己可以不用擔心會送命了，表情放鬆了不少，語氣也輕鬆許多。

「那當然！真的很謝謝妳，大姊！」

嗯，輕鬆過頭了。他們經過跟我們一起下雪山的這幾天以後，變得不會再把艾莉絲小姐當成貴族對待——應該說不會過度討好她，可是叫她「大姊」是不是也怪怪的？

「大……大姊……你們以後會是我們這裡的領民，還是別這樣叫我吧。只是我也不會要求你們叫我大小姐。」

艾莉絲小姐大概也不希望別人這樣叫自己，一臉困擾地糾正心情變輕鬆過了頭的衛兵。

——不過，還真不太習慣艾莉絲小姐提到大小姐這個詞。

蘿蕾雅似乎也很在意，開口對在一旁聆聽對話的凱特小姐問：

「領民都會叫艾莉絲小姐大小姐嗎？」

「對，大家都會叫她艾莉絲大小姐。因為她是下一任當家。」

「「艾莉絲大小姐……」」

我跟蘿蕾雅異口同聲地說道。
她的確是大小姐沒錯——是大小姐沒錯，可是……
可是我沒辦法想像艾莉絲小姐穿著禮服的模樣……嗯？仔細想想，她穿起來搞不好很好看？
這下我有點想親眼看看艾莉絲小姐跟凱特小姐穿禮服的樣子了。
「知道了。那就換叫妳艾莉絲大小姐！」
「呃，不是——」
「有什麼關係，反正回去我們那邊之後大家都會這麼叫妳，不是嗎？」
「是沒錯啦……唉，好吧，隨便你們想怎麼叫都可以。」
艾莉絲小姐本來想再次糾正，但很快就嘆了口氣，決定放棄掙扎。
畢竟領民都是叫她「艾莉絲大小姐」的話，只糾正他們的稱呼也沒什麼意義。
「對了，那領民會對凱特小姐有特別的稱呼嗎？」
「沒有。」
凱特小姐回答得很簡短。艾莉絲小姐一聽到她的回答，馬上露出奸笑說：
「大家都叫她凱特大人喔。」
「「凱特大人！」」
我跟蘿蕾雅出乎意料地再次異口同聲。

這樣哪叫沒有特別的稱呼！不對，凱特小姐是洛采家的陪臣，領民會這樣叫她也不是不合理啦！

可是我還是認為已經夠特別了。

尤其我們是平民，當然會覺得大家叫一個人「某某大人」很特別啊！

其實我很想這麼說，可是……

「──一點也不特別吧？」

我們沒辦法對微笑著說出這句話的凱特小姐說出「妳說得對」以外的答案。

──因為她的眼神超可怕的。

Alchemy Item Catalog

No. 014

鍊金術大全：記載於第六集
製作難度：非常困難
一般定價：200,000雷亞以上

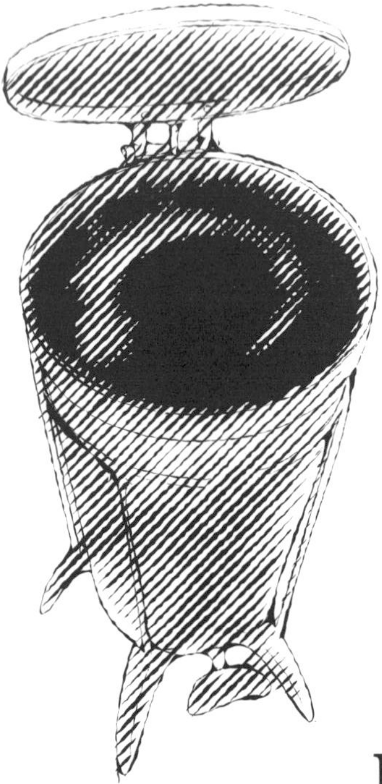

〈垃圾桶〉

不小心鍊製失敗，又不知道該怎麼處理做壞掉的東西——你應該也遇過這種困擾吧？
那麼，我想你會很需要這個垃圾桶。它乍看只是個普通的垃圾桶，但是它其實可以徹底銷毀所有被丟進去的東西，連丟垃圾的工夫都省了。就利用它來讓做壞的成品跟自己失手的記憶一起消失殆盡吧。※附帶會把生物彈出垃圾桶外的安全機制。

Episode 4

手上的委託也很重要

「太好了，我的店沒有怎麼樣！」

跟艾莉絲小姐他們分開的我們一回到村子，就看見我心愛的城堡跟出發之前沒什麼差別。只有店門口的圍欄被弄壞了一部分，而且只是一點小損傷，連我自己都可以輕鬆修好它。肉眼可見的損害就只有這樣。

我本來已經做好可能會被故意打破窗戶的心理準備，所以也鬆了口氣。

因為窗戶很貴——雖然我有辦法自己修好。

「是啊，真是太好了——這樣珊樂莎小姐也不會氣到跑去報復他。」

「我就說我不會去攻擊他了嘛。」

我有點納悶蘿蕾雅竟然是對我不會氣到去做傻事感到放心，同時打開門鎖，走進店裡。這間店有可以自動清潔環境的刻印，就算出門很長一段時間，也不會積灰塵。

如果每戶人家都有足夠的魔力跟錢，一定會很想在家裡設置這種刻印。

「……嗯？奇怪？」

刻印的魔力減少的速度比我預料中還快。

出門的時候幾乎是滿的，現在卻只剩下一半左右。

我長期不在家，自然是沒辦法幫刻印補充魔力，可是也少太多了。
也就是說，很可能發生了什麼會額外消耗魔力的事情。
「……該不會是有人觸發到防盜功能了吧？」
這間店的刻印除了清潔功能以外，也有防盜功能。
如果有人想從外面攻擊這間店，就會像上次那群流氓在店裡鬧事一樣觸動防盜功能。雖然這個刻印不是我自己設置的，我也不是完全知道它的效果有多好，但說不定就是有刻印保護，窗戶才沒被打破。
「珊樂莎小姐，那防盜功能大概會消耗掉多少魔力？」
「我想一下，這很難用明確的數字來解釋……」
就用讓一鍋水沸騰所需的魔力量來舉例好了。
其實每個人用魔導爐煮開水消耗的魔力量都不同。
假如是我跟蘿蕾雅來用魔導爐，比較習慣操控魔力的我就會消耗較少的魔力，就算我做了一種可以測量魔力的鍊器也一樣。
實際上並不是沒辦法測出扣掉這種個人差異的「固定消耗量」，可是很可惜的是幾乎沒有人在做這方面的研究。
因為做這種研究不只費時，又賺不了錢。

與其把魔力耗在這種沒得賺的研究上，倒不如乖乖去做鍊藥還比較好賺。

所以我必然只能給蘿蕾雅一個不算明確的答案。

「這間店的刻印魔力容量大到把我所有的魔力都灌進去，都還加不滿。所以這段時間消耗掉的魔力超過我魔力總量的一半。」

「那……珊樂莎小姐之前用來把後面那片森林炸成平地的魔法會消耗多少魔力？」

蘿蕾雅看向後面那片原本是森林，現在已經可以拿來當運動場的空地。

我在短暫思考過後才回答：

「妳說『炸成平地』好像有點太誇張了，不過……應該只消耗掉一點點？」

我用食指跟拇指比出兩根指頭的寬度，蘿蕾雅就訝異地睜大了眼睛，說：

「那就表示被消耗了很多吧！攻擊這間店的人會不會被弄死了？」

「刻印的魔力轉換效率跟人類直接用魔法不一樣，沒辦法這樣比。」

我自己用消耗一半魔力的攻擊魔法，威力應該是會很驚人沒錯，可是這間店的刻印並不是攻擊用途的鍊器。

這間店的防盜刻印終究只是用來防盜，基本上不會造成傷亡。

「不論對方攻擊得再猛烈，它的反擊也不至於強到害人突然喪命……應該吧。」

「『應該吧』！妳講得太不確定了吧！要是吾豔從男爵也被反擊到——」

「沒……沒關係啦——反正大概會先動彈不得，不至於殺掉他。」
「這教人怎麼放心……」
蘿蕾雅很不安地看著我。我輕拍她的肩膀兩下。
「不用擔心，刻印消耗掉這麼多魔力，應該都是用在防禦上。」
有人丟石頭過來，刻印就必須擋下攻擊。
有人對房子縱火，刻印就必須讓火熄滅。
這類防禦反應會消耗掉儲存在刻印裡的魔力。
而反擊的目的在於使對方不再繼續攻擊，並不是傷害對方。
「除非他們想強行闖入，不然應該頂多就是全身麻痺到動不了而已。」
「妳一直講得很不肯定，反而很讓人不安……可是珊樂莎小姐來我們村子之前，也有人會進來這間店拿剩下的家具，他們怎麼就沒事？」
「——喔，的確，妳之前有跟我說過。」
而且達爾納先生跟瑪麗小姐當初也是在這間店裡面「培養感情」。甚至還是他們的「成果」——蘿蕾雅親自告訴我的。
「大概是因為防盜功能的效果調到最低了吧。」
我猜是以前住在這裡的鍊金術師在搬家之前故意調低的。

除了這樣可以降低魔力消耗量以外，大概也是考慮到村民們一般都會幫忙拿走剩下的家具，害他們進不來會造成困擾吧。

不曉得工坊的東西沒人拿走是因為上一位鍊金術師有警告大家「裡面的東西很危險，不要碰」，還是有特地調整過刻印，讓別人沒辦法進去工坊裡面。

「總之，我們不需要在意那些壞人的安危，還是先準備開店比較重要。我們很長一段時間沒營業，搞不好本來有人在冬天也需要找我們喔！」

「說得也是……可是，我還是有點擔心，我會再跟別人打聽一下。」

「嗯，麻煩妳了。那我就專心去做生髮藥了。」

當天晚上，我久違地享受到蘿蕾雅在廚房煮出來的料理。

之前在外面露營也主要是蘿蕾雅負責下廚，但是在野外跟廚房煮出來的還是有差。充滿野趣的料理是別有風味，可是長期吃下來還是會想念一般的食物。

我一邊享受著美味餐點，一邊照例詢問蘿蕾雅店裡的情況。

「今天生意怎麼樣？是不是沒什麼人來？」

「人沒有入冬之前那麼多，但還是有幾位客人上門。他們好像只是趁天氣好的時候在附近採集而已，所以今天的業績不算多。」

採集家在冬天的競爭對手不多，用對方法就可以多賺不少錢。看來村子裡還是有些特別勤奮的採集家，不全是想仰賴儲蓄在旅店休息到春天的人。

我是不是該提供一些冬天的採集知識給他們？

反正馬雷先生也拜託我傳授知識給大家，就先告訴安德烈先生他們吧。

輕易傳授採集知識有可能會增加採集家出意外的風險，不過他們比較資深，也很熱心助人，應該可以期待他們幫忙教導其他採集家。

「還有，我去買晚餐材料的時候有順便打聽一下消息，好像真的有人趁我們不在的時候來搞破壞。」

「喔，果然真的有人來過啊。妳有打聽到對方是怎麼樣搞破壞嗎？」

「這就不知道了。大家只有遠遠地看，沒有靠近觀察。」

「這樣啊……嗯，也對，不要貿然靠近比較好。」

一旦發現盜賊跟山賊，就要立刻殲滅他們。

有時候甚至得不惜花時間把他們找出來斬草除根。

我也知道有我這種想法的人並不多。

所以我不會期望村民冒險去捉住身上有武器的人，那比捉住小偷還要危險太多了。

而且來搞破壞的人之中搞不好有貴族，不要隨便插手才是正確的做法。

「聽說賈斯帕先生當時已經把弓拿在手上了。」

「咦！那樣太危險了啦！」

我被蘿蕾雅說出的震撼事實嚇得不禁從椅子上站起來。

「別擔心。耶爾茲女士有盡全力制止賈斯帕先生，因為她有聽說對方可能是貴族。」

「太……太好了……不小心受傷可能還算小事，萬一被對方殺掉就後悔也來不及了。」

我鬆了口氣，坐回椅子上。

賈斯帕先生跟耶爾茲女士的確是很可靠的鄰居，但要是他們家跟領主產生糾紛，我也很難想方法幫他們。

「我應該要在出遠門之前先提醒大家才對。」

「其實大部分村民早就知道珊樂莎小姐跟領主起衝突了。」

「真的嗎？——等等，妳有沒有因為我跟領主起衝突，就被大家排擠？」

一個住在小村子裡的人跟貴族——而且還是領主對立，是非常致命的一件事。

因為村民遇到麻煩事也很難逃離自己所在的領地，不像不會定居下來的採集家，跟嚴格上來說不是領民的鍊金術師。所以就算村子裡有人不想跟我和在我店裡工作的蘿蕾雅扯上關係，也沒什麼好奇怪的。

我懷著這樣的想法一問，蘿蕾雅就發出「呵呵呵」的笑聲。

「當然沒有。大家都知道當初是珊樂莎小姐救了我們村子，領主反而不願意伸出援手。雖然大家在領主的視線範圍內可能還是不敢違抗他，可是我們村子裡絕對不會有人對妳忘恩負義。」

「是嗎？那就好。不過，妳還是記得提醒大家不需要勉強自己幫我喔。只有我們兩個被捲進麻煩事的話，還算好處理。」

反正我有辦法用武力反擊領主一定程度的騷擾，也可以逃去王都——其實我並不想這麼做，但吾豔從男爵終究只是個貴族位階不高的小領主。

他的權力應該沒有大到可以在國王親自治理的王都裡面撒野。

「好。珊樂莎小姐也不用太擔心大家。我們村子的人很強悍的。」

真的嗎？我反倒覺得大多人個性很溫和……

啊，可是艾琳小姐搞不好算滿強悍的？

「那珊樂莎小姐的進度怎麼樣？生髮藥做好了嗎？」

「嗯，我成功做好了。再來就只需要交給菲力克殿下就好……他說會再找時間過來拿，不曉得會什麼時候過來？」

「不知道……我們應該也不能主動通知他吧？」

「不能，因為他是皇族。總之，大概也只能等了。」

他應該會在春天之前來拿吧？

◇ ◇ ◇

菲力克殿下一反我的預料，很快就再次來訪了。

時間是我回來村子的五天後。

他來找我的速度快得像是有人在監視我在不在——不對，應該是真的有派下屬留在這裡監視。如果沒有人馬上回報情況，菲力克殿下不可能這麼快就會來找我。

能早點把商品交給他是好事……可是這下也有點傷腦筋了。

回去老家一趟的艾莉絲小姐跟凱特小姐還沒回來。

——我們究竟該對這次的事情採取什麼行動？

我煩惱了很久，卻還是沒有得出明確的結論。

假如只有我受到威脅就算了，然而問題是蘿蕾雅她們也很可能遭受波及，所以我很想牽制吾豔從男爵確保大家的安全，可是想要幫助馬迪森他們的話，又不方便讓這件事浮上檯面。

我也想過可以利用貴族很重視面子這一點，故意散播他做過的壞事，降低他的聲望。只是很可惜，我們並沒有足夠技巧讓這樣的計畫成功。

最後一種方法就是求助菲力克殿下了，可是我必須隱瞞馬迪森他們在雪山上做的事情，也不曉得被菲力克殿下抓住把柄會有什麼後果。我看不出他在想什麼，實在不敢輕舉妄動。

其實最好是假裝很自然地提及吾黯從男爵的所作所為，讓菲力克殿下主動制裁他。

偏偏就是說得容易，做得難。

如果是「直接告狀」還算簡單，然而我並沒有厲害到可以「假裝很自然地」轉達一件事。

這對溝通能力沒有很強的我來說，等於是強人所難。

我本來打算借助洛采家的管家——沃爾特先生的智慧，來彌補我缺乏的經驗……問題是她們兩個又還沒回來。

唔唔唔！艾莉絲小姐、凱特小姐，拜託妳們快回來啊！

要我一個人跟皇族對話也太煎熬了吧！

我不會要求她們當我的擋箭牌。只要能坐在我旁邊，當我精神上的後盾就好。

——可是我又不能請蘿蕾雅在場陪我。

不然蘿蕾雅一定會承受不了跟皇族面對面的壓力啊！

她沒辦法冷靜面對階級高的人，不像我還算習慣面對貴族。

但其實「只是對貴族有點抗壓性」在菲力克殿下面前也沒意義啦！

因為皇族的攻擊力太高了！會直接貫穿名為抗壓性的防壁啦！

可是我也只能選擇面對。總比跟菲力克殿下說「我還沒準備好，請您晚點再來」來得好。

畢竟我的腦袋至少還能正常讓我緊張到胃痛。
於是，我只好獨自面對皇族的到來了。

「歡迎您的來訪。」
「讓妳久等了。鍊藥已經完成了嗎？」
——我沒有等，我真的沒在等你過來！
我藏起自己的真心話，把做好的生髮藥放到桌上。
「您要的生髮藥在這裡。早晚各抹一次，三天就能讓頭髮變長十公分。」
「原來不是抹完藥就會立刻長出來啊。」
「我也不是做不出那麼有效率的生髮藥，只是這樣的生長速度才不會影響髮質。」
如果要讓新長出來的頭髮保有跟自然生長的頭髮相同的髮質，就不能再加快。
相對的，能接受新長出來的頭髮有點乾巴巴的，或是比較細，就可以提升生髮藥的效率。
可是委託人是不看他的禿頭會覺得很帥的王子。
要是新長出來的頭髮不好看也很麻煩，所以我才會把生長速度調慢——
「假如您想要可以抹完就見效的生髮藥，我可以再重做一瓶。」
「不，現在這瓶就可以了。反正我也不急。」

菲力克殿下對詢問他是否不滿意的我露出微笑，把裝著生髮藥的小瓶子收進懷裡，並拿出一個皮袋放到桌上。

「謝謝妳。這是給妳的酬勞。」

「您不先確認效果沒關係嗎？」

「沒關係，我信任妳。而且要是真的沒效，我直接找米里斯大師告狀就好了，不是嗎？」

「哈哈哈……師父的確很可能立刻來教訓我。」

我用一陣乾笑回應笑意加深的菲力克殿下。

他說信任我，大概也是基於信任師父吧。

「不過，我對自己做的生髮藥很有自信，您一定可以感覺到它的效果。」

畢竟委託人是皇族，我製作的時候也特別謹慎，避免丟了師父的面子。而且只要沒弄錯配方，就很容易看出成品有沒有失敗。

除非他要我做從來沒人做過的鍊藥，不然也不用怕他實際用過才發現沒有效。

「我很高興聽到妳這麼說。不過，我其實早就先看過妳在鍊金術師培育學校裡的成績了。我如果對妳的技術有疑慮，也不會大老遠跑來這裡委託妳。」

我的個資全部外洩了！

……不對，學校是國營的，皇族可以隨意查詢學生資料也不是怪事。

仔細想想，師父也是不用我主動告知，就知道我的成績了。
說不定在校成績其實意外好查？
我的成績不會丟人現眼是還好，有些人或許會很困擾……
完全沒有注意到我這份疑慮的菲力克殿下不知道為什麼緩緩坐上了沙發，雙手環胸，說：
「那麼，這下是完成我來這裡的其中一個目的了……」
「其中一個？」
「我每一次出遠門就會招來某些人的過度解讀，我也很困擾。」
「這……的確是不太教人意外。」
菲力克殿下雖然不是皇太子，卻也不能毫無理由地隨便在外走動。
就算是微服出巡，照理說也不可能真的完全沒有其他人跟著，一定會有很多護衛直接待在身邊或躲在一旁保護他，也會事前勘察目的地的情況……我猜啦。
像這次他其實也不需要親自來領鍊藥。
不過，菲力克殿下卻還是選擇親自來訪。
「所以，我才會把幾件要事集中安排在一趟行程裡面，比較有效率——那麼，妳認為我來這裡的真正目的是什麼呢？」
居然突然要我猜謎！

「我怎麼會知道啊！」

——我當然不可能對皇族說出這種話。

我努力想起不算充分的線索，開始推測菲力克殿下的目的。

菲力克殿下來得太突然，導致我一開始根本無法冷靜注意到一些不太對勁的地方。王都離這裡非常遠，如果不是師父那種可以快速來回的人，根本不會只因為一些小事就來這裡一趟。

所以，他當然是有需要處理的大事，才會特地過來。他只說自己是「不希望別人知道自己想要生髮藥」，但恐怕他其實並不怎麼在乎自己的禿頭。

因為他要是真的在乎，就不會刻意用自己的禿頭逗我們笑了啊！

這樣搞得我們很困擾耶！真希望他可以好好想想皇族跟我們平民的身分差距有多大！

所以，他應該不是為了治禿頭才來找我。

——等等，這麼說也不對。他說「來這裡的真正目的」，就表示生髮藥只是次要的目的。

那可能……他最主要是需要來這一帶一趟？

他對外隱瞞自己來這裡是想要委託我做生髮藥，而生髮藥也只是用來隱藏真正意圖的藉口，所以……？

「……您來這裡的目的，跟吾豔從男爵有關嗎？」

「哦？妳怎麼會這麼想？」

菲力克殿下一聽到我在沉思一段時間後得出的答案，又加深了微笑。

「因為南斯托拉格雖然不算非常大的都市，卻也是我國跟南方多蘭德公國之間的重要貿易據點，而交易的規模也在這幾十年內逐漸擴張。」

王都位在整個國家領土偏東邊的地方，所以拉普洛西安王國最主要的貿易對象是東邊的烏貝爾國。

而位在西南方的多蘭德公國離王都非常遠，導致拉普洛西安王國跟他們之間有很長一段時間只有零星貿易流動——不過，情況在數十年前發生了變化。

發生變化的原因正是上上一代吾豔從男爵。

他下令打造出一條從吾豔從男爵領地通往多蘭德公國的道路，並加速發展商業。

這使得原本只是驛站的南斯托拉格轉型成貿易據點。

之後再轉由上一代吾豔從男爵接手經營。

南斯托拉格會發展成都市，正是他的功勞。

許多人都認為南斯托拉格會繼續穩定發展下去，更加擴大貿易的規模——卻因為現在這一代吾豔從男爵陷入停滯。

不對，不只是停滯，說不定還有可能全部毀在他手上？

「目前南斯托拉格跟多蘭德公國的貿易金額還遠遠比不上跟烏貝爾國之間的貿易金額，可是也絕對不是小數目，失去這段金流會是國家的一大損失。我應該沒說錯吧？」
「很不錯的見解。那，妳覺得這跟我這次來訪有什麼關聯呢？」
「我的答案會摻雜一些猜測……」
「無妨，妳說吧。」
老實說，我很猶豫該不該在菲力克殿下面前講出沒有證據的猜測，只是看他明明面帶微笑，又用很銳利的眼神直盯著我，我也很難回絕他。
「前陣子洛采家有申請調停。我猜菲力克殿下您或許是在知道這件事之後，認為這場調停有利用價值。」
國家想繼續發展跟多蘭德公國之間的貿易，卻存在吾豔從男爵這個絆腳石。
然而就算是國王，也不能強行撤銷吾豔從男爵的領主身分，否則很可能造成貴族不願意繼續追隨國王。
我猜皇室應該是在想找適當的理由排除吾豔從男爵時，注意到了那場調停。
尤其有侯爵家插手洛采家這樣的小貴族跟從男爵之間的紛爭並不尋常，當然很可能引來皇室的注意。而且只要隨便調查一下，就能查出我也有介入。
更不用說是我的個人資料了。
「是不是其實連諾多先生會來找我們委託護衛工作，都是您刻意安排的？」

畢竟這一連串事情發生的時機太巧了——我懷著這樣的想法詢問菲力克殿下，他卻加深了臉上的微笑，看起來好像很高興。你這種感覺不單純的笑法很可怕耶！

「真不愧是最優秀的畢業生。看來我們設立鍊金術師培育學校是對的——我們不會介意有一定地位的貴族能力平凡，但無法容忍他們愚蠢無能。」

菲力克殿下話中並沒有表示明確的肯定，卻也聽得出我的推測大部分是對的。

一想到害我們折騰那麼久的諾多先生可能是他特地派來的，就覺得心情有點複雜。只是我當然不可能在菲力克殿下面前講出心裡的怨言。

「不過，我得要澄清一件事。我當初只有提供妳們的消息給諾多，並沒有特地要求他幫我做什麼——應該說，我完全沒料到他會給妳們添這麼大的麻煩。生髮藥的酬勞會給得比市價還高，也是希望這樣足以表達我的歉意。真的很抱歉。」

「您……您不需要道歉！他的確是有點教人傷腦筋，可是做事也不至於完全不講理！」

我連忙請突然開口道歉的菲力克殿下不用太過放在心上。

——我該不會不小心把心裡的不滿寫在臉上了吧？

雖然菲力克殿下似乎不太介意別人在自己面前顯露不滿，我還是得小心別冒犯到他。

我急忙繃緊神經，注意自己必須表情嚴肅。菲力克殿下笑道：

「呵呵呵，妳不需要這麼緊張。我不會介意這種小事。」

「啊，呃，這……」

被菲力克殿下輕易看出我表情中的情緒，讓我慌得不禁講出毫無意義的幾個字。

「看來妳腦袋夠靈光，卻還沒精通怎麼在貴族面前不露出任何破綻。只是考慮到妳的身世，也已經可以打及格分數了……是不是應該請學校增加相關的課程呢？反正也可以派些閒來無事的皇族去校內講課，讓學生有實踐的機會。」

——拜託不要！不然我的學弟妹們會很崩潰啊！

我當初也有上過禮儀課，可是練習的對象是學校老師跟同學。

光是有很多同學是貴族就夠讓我緊張了，更何況是由皇族親自講課。

到時候萬一不小心冒犯到皇族，會不會連砍頭這一點都跟著「實踐」了！

「殿……殿下，我認為不需要勞駕皇族犧牲自己的時間到學校講課……」

「嗯？反正皇室裡很多米蟲——喔，應該說有不少皇族有多餘時間去講課……也對，應該要先跟父王討論看看，再來決定。」

菲力克殿下朝委婉表達意見的我瞥了一眼，小聲說出了很嚇人的一段話。

——太好了！還好我已經畢業了！

還在學校的學弟妹們，我會替你們祈禱這件事不會成真的！

……但我也只會幫你們祈禱，不會幫忙多說什麼。

我可不想受到波及！

「總之，我們還是先來談談這次的重點，吾豔從男爵吧。妳猜得沒錯，我的確有故意稍稍搧風點火——不對，應該也不到搧風點火的地步，只是稍稍搬開壓制住他的大石罷了。也就是說，一點小小的變化，就足以導致那個蠢蛋開始輕舉妄動了。」

不知道菲力克殿下到底對他做了什麼？應該不是指親自來我店裡這件事吧……？說不定菲力克殿下親自造訪也是他煽動吾豔從男爵的策略之一，可是吾豔從男爵應該不知道菲力克殿下會來。畢竟只要有點腦袋，就不會敢在菲力克殿下離開之後不久跑來店裡找碴。

「如果他能主動收斂一點，我就會找其他方法改善他的問題……結果仍然不出我所料。上一代從男爵早該在他闖禍的時候廢除他的繼承人資格了。」

「……可是您引發的『輕舉妄動』也導致我們必須面臨危險。」

我當然很樂見菲力克殿下主動解決老是惹出一堆麻煩的從男爵，不過我不太高興這段過程會危害到我們。我委婉表達不滿，希望他可以多少顧慮到我們這些受到波及的人。菲力克殿下瞇細雙眼，說：

「有嗎？我看至少對『妳們』來說，是沒有多危險啊？」

這個笑裡藏刀的王子到底知道多少事情啊！

聽他的說法，應該至少已經知道我們在雪山裡遇到了滑雪巨蟲，也知道那隻巨蟲是馬迪森他們故意引來的。
我們當時是平安無事，可是馬迪森他們差點就被吾豔從男爵下的命令害死了。
菲力克殿下應該也要考慮一下一般民眾的安危吧！
不知道他是覺得排除掉無能領主，比拯救少數幾個領民的性命更能造福國家跟其他領民；還是覺得平民的性命不值一提。
而且既然已經被他知道在雪山裡發生的事，就只能求他對馬迪森他們睜一隻眼閉一隻眼……不過要我來幫他們求情嗎？要我為了一群非親非故的衛兵，鼓起勇氣跟這個恐怖的王子求情嗎？
但是又不能事到如今才對他們見死不救……
如果艾莉絲小姐跟凱特小姐在場，我就可以把麻煩事推給她們——說錯了，是就可以請她們幫忙了！
她們剛好現在回來的話，我一定會愛死她們。
——只是很可惜，艾莉絲小姐的運氣並沒有好到能逮到這個大好機會。
我仔細聆聽周遭的動靜，也沒聽見有人開門的聲音。
可惡，看來只能我自己來了……
「殿下，南斯托拉格的衛兵只是乖乖執行他們的命令而已——」
「我並沒有愚蠢到會要求底下士兵替指揮官的過失負起責任。」

我在下定決心之後戰戰兢兢地開口，然而我才說到一半，菲力克殿下就語氣堅定地表示自己不會要求馬迪森他們扛責。

假如是一般的紛爭，單純服從上級命令的士兵當然不會被判死刑。可是這次他們等於是想暗殺我跟艾莉絲小姐。

被視作暗殺的話，實際動手的人百分之百會被判死刑。除非背後有異常重大的隱情。

……啊，菲力克殿下該不會想把這件事壓成一般紛爭吧？

我懷著這樣的猜測觀察起菲力克殿下的表情，他隨即露出奸笑，說：

「我打算趁這次機會徹底除掉吾黷從男爵這個大麻煩。不過，要是除掉他的可能性是零，我之後就不會再有任何動作。因為我不喜歡做事太半吊子。」

菲力克殿下凝視著我，眼中充滿試探。

呃……他該不會是要我來擬定計畫吧？

要一個沒有多少情報的人來想辦法，也太強人所難了吧。

如果我在有這種上司的職場工作，早就開始考慮辭職了啦！

現在唯一比較讓人放心的，應該就是有生命危險的是馬迪森他們，而不是我們了。

——我感覺到腦海一角浮現這種有點無情的想法，並同時陷入深思。

「……我可以請證人證明我們的確是因為吾黷從男爵的指使，才受到攻擊。」

「那樣還不夠扳倒他。若能提供寫著命令的文件倒還好說，可是妳說的證人是平民吧？」
最大的問題果然還是在於他們的平民身分。
吾豔從男爵的嫌疑再怎麼大，也終究無法只憑平民的證詞來判定他有罪。
要是他狡辯「是那些衛兵擅作主張」，頂多就是被認定督導不周。
馬迪森他們還是難逃死刑。
而艾莉絲小姐雖然是貴族……她的證詞也只能證明我們的確有遭到攻擊，無法證明是吾豔從男爵在背後唆使。
「吾豔從男爵似乎有得到鍊金術師的協助，您覺得挑這一點來進攻有用嗎？」
「妳說約瑟夫嗎？他也算是貴族，要從他這邊下手並不容易。」
「對不起，我不知道對方的名字。」
菲力克殿下可能是指之前在南斯托拉格做黑心生意的鍊金術師，可是我無法確定協助從男爵的是不是他，也不知道他叫什麼名字。
雷奧諾拉小姐應該知道那個黑心鍊金術師後來的去向，只是我自從知道他把店收起來，就不太在乎他了。
我老實說出口，菲力克殿下就揚起一邊嘴角，似乎是覺得我的回答很有趣。
「這樣啊。那傢伙應該也沒想到搞垮自己生意的人竟然不知道他的名字吧。我看他好像滿恨妳的。」

「是他有錯在先，不是我故意惹他。我也只是貼公告提醒大家要小心他會坑客人的錢。」

對，我只有貼公告提醒大家。

雷奧諾拉小姐對他做了什麼，我就不知道了。

「呵呵，看來他的店會倒閉是合情合理——鍊金術師培育學校的畢業生大部分都很出色，然而還是無法避免少數品行不佳的學生順利畢業，拿到執照。」

畢竟人格跟社會能力不影響考試成績嘛。

就算一個人會把才能用在壞事上，也一樣能夠畢業。

而且論社會能力這一點，我也沒資格說別人。

「我其實很想找機會撤銷約瑟夫的鍊金執照……」

「我這裡有他做的鍊藥。」

我這麼說是因為我認為菲力克殿下需要證據。他很滿意地點點頭，說：

「很好。那妳有足以告發吾豔從男爵的證據嗎？」

「很遺憾，我沒有他教唆衛兵攻擊我們的實質證據。我這裡只有記錄他過去惡形惡狀的資料，稱不上明確的證據……」

那份資料就是之前菲利歐妮小姐給我的資料。吾豔從男爵以前做過的壞事大多可以用貴族的權力掩蓋掉，沒有足以威脅到他的強力證據。

然而，菲力克殿下聽到我這麼說，卻是露出微笑，朝我伸出手。

應該是要我把資料拿給他看吧。我看得出來。

「資料在這裡。」

我連忙去拿資料過來，交給菲力克殿下。他快速翻閱資料，語氣佩服地說：

「哦？居然能調查得這麼仔細，看來妳比我預料中的還要優秀呢。」

「謝謝您的誇獎。不過，那份資料並不是出自我手。」

「調查出這份資料的人是誰並不重要。重要的在於我們能夠得到這些情報。」

我很高興他這麼抬舉我，可是總覺得他好像在試探我？

菲力克殿下想主動解決掉吾豔從男爵正合我意，可是他應該有能力收集到更多情報，不需要特地問我吧？

「……這些情報不算太特別，殿下應該也早有耳聞了吧？」

「我也不是全都知道。而且在他領地內查出的第一手情報，本來就有一定程度的價值。」

這是真心話嗎？我這麼想可能有點冒犯，可是菲力克殿下的笑容看起來很不單純耶。

「再來就只需要想辦法捉住他了。」

你不會連這個都要我想辦法吧？

如果吾黯從男爵又像之前一樣大搖大擺地跑來我店裡，的確是捉得住他，可是情況一定會變得很麻煩。如果計劃在南斯托拉格抓住他，又很可能要面對很多士兵。這怎麼想都不是區區一個鍊金術師處理得來的事情。

就算想找洛采家幫忙，也頂多仰賴他們的個人實力，無法期待他們能在軍事方面提供足夠的協助。

「別擔心，我已經想好計畫了。不過……聊了這麼久，我口也有點渴了。」

菲力克殿下大概是感覺到我不知該如何是好，在聳了聳肩以後靠上沙發的椅背，說出了很明顯在要求茶水的一句話。

——你快點走啦！

我心裡想歸這麼想，卻也無法直接說出口，只好委婉表達。

「我們這裡是鄉下地方，沒辦法提供多高級的茶，恐怕會不合您的胃口。」

「無妨。我不介意稍微不合胃口，而且品嚐當地的食物也是一種樂趣。」

——真不愧是王子，都不怕自己臉皮太厚耶！

我真希望你可以想想提供食物給皇族的人心裡會有多惶恐！

「……好的，我馬上準備。」

「喔，我還想順便配點吃的。最好可以配些甜點。」

——真不愧是王子，都不怕自己要求太多耶！

而且你怎麼會覺得這種鄉下地方有什麼甜食！

你知道這種小村子不可能會有甜點店嗎？

要不要乾脆拿還沒處理過的腐果蜂蜂蜜給他算了？

……只是那樣會害我小命不保，我不會真的那麼做。

「不好意思，我們這裡只是個小村子，沒辦法立刻端出甜點給您……」

「無妨。我有的是時間。」

可是我沒有啊。

看來他好像沒聽懂我的意思是：「你喝完茶就趕快走啦。」

你一個王子應該要聽得懂別人在委婉表達什麼吧！

——雖然他也很可能是知道我想表達什麼，卻故意裝作沒聽懂。

「那麼，要麻煩您稍等了。」

我懷著平民無法違抗皇族的悲哀，暫時離席。

「蘿蕾雅，家裡還有剩下餅乾嗎？」

「咦？餅乾嗎？昨天下午茶時間做的還有剩，妳要休息了嗎？可是王子殿下還沒離開吧？」

我到店裡詢問比較熟悉廚房大小事的蘿蕾雅，蘿蕾雅也疑惑地回過頭，詢問我的用意。

「嗯，我現在需要一些可以配茶的點心。」

「咦？——哇、哇哇。（原來是要拿我做的點心給王子殿下吃嗎？）」

蘿蕾雅似乎有一瞬間沒意會到我話中的意思，在張開嘴巴愣了一下之後才又馬上回過神來，展現了「小聲大叫」的高超技巧。

「也只能拿妳做的餅乾啊。這附近沒地方可以買甜點不是嗎？不然我也是可以去達爾納先生那邊看看……」

「爸爸店裡的東西更難吃，不適合端給王子殿下吃啦！」

說難吃是有點太誇張了，不過達爾納先生那邊的食物都是大老遠從南斯托拉格帶回來的，的確有點稱不上點心，甚至應該說比較接近乾糧或緊急糧食。

「嗯，所以我想拿昨天剩下的——」

「等……等一下！至……至少讓我重新烤一份餅乾，我現在就去烤！」

蘿蕾雅連忙把店門口的牌子轉成「休息中」，衝進廚房裡。

「啊，那樣會讓他等太久——算了，沒關係。反正有先說要等一段時間。」

其實我覺得端昨天剩下的餅乾給厚著臉皮討東西吃的人就夠了，但想想他如果等得不耐煩，決定先離開，反而也是件好事。

就讓他慢慢等吧。
或是等到不耐煩直接離開。
我也跟著蘿蕾雅前往廚房準備茶水。
「茶葉……用便宜的就可以了吧？」
正在努力揉麵團做餅乾的蘿蕾雅一聽到我在挑茶葉時的自言自語，立刻驚訝得轉過頭來，對我說：
「咦！還是挑最貴的茶葉比較好吧？對方是王子耶。」
「他反而會覺得便宜的茶葉很稀奇吧？反正我這邊的高級茶葉也高級不到哪裡去。」
現在我家裡有配飯喝的茶、下午茶時間配點心喝的茶，還有我狠下心花錢買來在特別時刻喝的茶。
可是它終究是窮習慣的我捨得買下手的茶，當然沒有多高級。
對菲力克殿下來說，味道一定跟便宜的茶葉差沒多少。
一樣會被認為不好喝的話，泡比較貴的茶給他喝也是浪費。
如果今天來的是在學校很照顧我，而且家裡一樣很有錢的前輩們，我倒還願意泡比較貴的茶來表示歡迎，可是菲力克殿下值不值得我這麼做，就……
「……不然乾脆泡我自己調配的茶好了。」

也就是我自己去後面的森林裡摘葉子來調配的茶。

我們吃飯的時候就是配這種茶。

它的材料成本免費，但我耗費在上面的心力無價。反正菲力克殿下說「品嚐當地的食物也是一種樂趣」，再加上這不是市售的茶，他想比較味道也沒得比！哈哈哈！

「這……或許是個好主意。」

「咦？我還以為妳會反對……」

「因為珊樂莎小姐調配的茶很好喝，不像媽媽那樣只是隨便摘些葉子回來丟進水裡泡著。而且至少不會被王子殿下認為妳端便宜貨給他喝。」

「的確，畢竟我也沒想過自己調配的茶值多少錢。」

等於我說「這種茶一杯就要十枚金幣」，它就是值十枚金幣！

……先不論有沒有人願意買。

嗯，就端這種茶給他吧。這種茶很值錢。

把這種茶說成是「大師級鍊金術師奧菲莉亞．米里斯的徒弟發現某種植物的葉子可以做成茶葉，再親自精挑細選上好的葉子回來加工跟調配的珍貴好茶」，聽起來應該滿高級的吧？

只是它高級應該會高級在有用上師父的名字。

「那就泡這種茶給他喝……蘿蕾雅，妳是做什麼樣的餅乾？」

「跟平常一樣……珊樂莎小姐，需要多加點砂糖進去嗎？」
「不用。跟平常一樣就好。蘿蕾雅平常做的點心就已經很好吃了。」
「真的嗎？謝謝妳的誇獎。那我就做跟平常一樣的就好♪」
我發自真心地誇獎她，蘿蕾雅就很高興地這麼說，並轉身背對我，繼續做起餅乾。
她還高興得哼起歌來。
我本來還擔心她會不會緊張到不小心失手，看來是不需要擔心了。
而且多加一點砂糖也沒有意義。
因為蘿蕾雅做的餅乾雖然是真的好吃，甜度跟外觀還是難免比不上大都市裡賣的高級甜點。
更何況菲力克殿下平常吃的一定會更高級。
光是以前在普莉希亞學姊家吃的點心會用上的材料就不只是這種小村莊買不到的，連南斯托拉格那樣的城鎮都沒有人在賣。
所以蘿蕾雅再怎麼努力也不可能做出足以匹敵皇室等級的點心，也沒必要做到那種地步。這次是菲力克殿下硬要我們提供點心，要抱怨就不要吃。
我覺得蘿蕾雅懷著這樣的想法做餅乾就夠了。
「餅乾還熱熱的，口感也很脆。還不賴。」

這是菲力克殿下吃了餅乾以後的感想。
那當然，這可是蘿蕾雅特地幫你現烤的。
你要是敢嫌餅乾難吃，我就要冒著冒犯皇族的風險直接收走餅乾了。
我倒想說你為什麼吃了好吃的餅乾，還不稱讚餅乾好吃？
一般都會稱讚一下吧？
你也應該說一下吧？
不曉得是不是我的眼神成功表達出了我內心的想法，菲力克殿下又接著補充一句：
「……而且有一種純樸的味道，很好吃。」
對，這樣就對了。
——所以，你到底什麼時候才要離開？
我直直凝視著菲力克殿下，試圖用眼神表達出我心裡這份想法，然而他這次不知道是沒有意會到，還是刻意忽略，仍然悠悠哉哉地喝著手邊的茶，甚至要求續杯。
完全看不出他有想要離開的意思。
可是他也沒有講些風趣的話來撐場面。
「…………」
「…………」

茶跟餅乾就這麼無謂地隨著時間一同消逝。

他吃了不少，應該是真的覺得好吃，但是這陣沉默讓我很不自在。如果沒有要談其他事情，就趕快離開啊——只是我還是不敢直接說出口。

有沒有人可以來幫幫忙啊？

我很希望艾莉絲小姐她們可以剛好在這個時候回來，化解這份尷尬。

——這時，情況真的忽然出現了變化，彷彿是我的願望促使這件事情發生。

「給我出來！我知道妳在店裡！」

店外傳來一陣粗野的咆哮。

——嗯，我不希望是用這種方式來化解尷尬。

蘿蕾雅剛才累積了不少精神疲勞，現在去休息了——她好像做完餅乾以後才重新意識到做餅乾給菲力克殿下是件不得了的大事——所以只有我可以去應門。

可是，我眼前還有一位正在若無其事喝著茶的貴賓。

我對他的敬意已經差不多要見底了，但我勉強還記得不應該直接拋下他去應門。我用眼神詢問菲力克殿下允不允許我離開，隨後，他也笑著看往店面的方向。

「沒關係，妳先去一趟吧。」

「恕我先失陪了。」

我在徵得菲力克殿下的同意以後前往店門口，發現剛才叫囂的人果然一如我的預料，是吾豔從男爵跟他的幾個跟班。

不知道他是不是有在監視我什麼時候回來，竟然特地親自來找我。

明明南斯托拉格跟這個村子之間的距離還滿遠的……他很閒嗎？

「您找我有什麼事嗎？」

「妳總算肯露面了。」

看到我出來應門的吾豔從男爵不再咆哮，並在說完這句話之後先陷入一瞬間的沉默，才用手指指著我說：

「珊樂莎·菲德，我要妳賠償跟道歉！」

「咦？請問……您要我對什麼事情賠償跟道歉？」

我們才應該叫你賠償跟道歉吧？

「我的幾個私兵前幾天來破壞這間店時受了重傷。妳這種行為已經嚴重侵害到我的財產。」

「——————什麼？」

我完全沒料到他會用這種說法指控我，害我的腦袋有一瞬間完全停滯。

畢竟刻印消耗掉那麼多魔力，我本來就在猜他應該有來搞破壞，可是一般會這樣光明正大表明自己有犯罪嗎？

「……您的意思是我必須向一些因為想進我店裡搞破壞而受傷的人支付賠償金嗎？」

「妳理解得很快嘛。妳就先付妳這間店一半營業額的錢來賠償我們的精神損失吧。」

「…………」

「還有，我記得妳有借錢給洛采家吧？這樣正好，妳把艾莉絲帶來給我。用債務威脅他們一下，應該不難吧？再來就是——」

「我拒絕。」

我認為再繼續聽下去也只是浪費時間，直接打斷他。

「什麼？」

「我想我之前也跟您提過了，鍊金術師並沒有義務繳稅給領主，而且我也不願意支付賠償金給犯人。」

我反倒想叫他把犯人交出來，可是不是現行犯就不能動私刑，再加上想要求領主制裁罪犯，又偏偏就是這個領主指使的。

這部分說了也只是白說，所以我不打算跟他提這些。

至於稅金，如果是像艾琳小姐那樣需要我協助這個村子，我可能還會多少考慮一下。畢竟我自己也住在這裡。

然而吾豔從男爵的情況會是完全相反，因為他不只沒有在這個村子需要協助的時候伸出援手，甚至還落井下石。而且我本來就沒義務繳稅給他，當然不可能會給他錢。

更不用說他要求交出艾莉絲小姐了。根本不值得我考慮。

我心裡想著：「要不要我拿些石頭塞進你那張胡說八道的破嘴？」用眼神表達出我的厭惡。但是，吾豔從男爵卻露出了充滿自信的奸笑。

「嗯，妳的確沒義務向我繳稅。不過，也沒有哪條法律規定妳不能主動向我繳稅吧？」

「……您這話是什麼意思？」

我皺起眉頭，半瞇著眼瞪向他。吾豔從男爵不改臉上不懷好意的笑容，說：

「我看妳跟這個村子的村民感情還滿不錯的。比如雜貨店那一家人。他們要繳多少稅，可是我說了算喔。」

「…………」

我之前也在擔心他會用這種手段來找麻煩。

吾豔從男爵如果想直接傷害蘿蕾雅，我還可以靠自己保護好她。

因為她是我這裡的店員，領的薪水也是我付的。

然而我能直接干涉的，也就只有跟我這間店有關的部分。一旦超出這個範疇，我能做的事情就很有限。

就像吾豔從男爵要把這個村子的稅金調得多高，都不會逾越領主權限，也不會違反王國法。

不過，他要是真的把稅調得太高，村民們應該就會搬出這個村子，採集家也不會留在這裡。腦袋正常的人應該都知道課重稅是百害而無一利……他是不是覺得我會在村子變得空蕩蕩之前屈服？

畢竟一般鍊金術師一旦開了一間店，就不會輕易轉移陣地。

但是我是用非常划算的價格買下這間店。

因為我是藉著補助款制度買下來的，賣掉也換不到多少錢，只是我實質的損失會等於只有請蓋貝爾克先生他們改裝的費用。

反正沒辦法馬上買到新的店面，也可以請師父暫時讓我在她那裡工作，所以我要離開這裡並不是件難事。

——前提是不考慮對村民的人情、感情跟其他各種因素。

「別擔心，我不會要妳把所有財產都交出來。我很仁慈，還是會讓妳可以留點錢下來用。」

吾豔從男爵——不對，眼前這隻像臭蟲一樣的盜賊大概是看我陷入沉默，就自以為占了上風，開始笑容滿面地顯露自己的無知。

假如他拿走我一半營業額的錢，我連要繳給王國的稅都會付不出來。

自然也會無法繼續經營下去。

給一個連營業額跟利潤都分不清楚的人來治理貿易城市，遲早會害南斯托拉格變得沒落。

不過，他現在還是治理南斯托拉格的領主。

我只能想些合理的理由趕他走，或是……

「這裡『沒有其他目擊者』……」

「嗯？」

盜賊一聽到我這聲細語，就狐疑地看著我。

我默默數起敵人的人數。跟班有三個人。

他們看起來有點實力，卻不至於強到構成威脅。

周遭也沒有其他人影。

——現在應該是下手的大好機會？

我幾乎已經下定決心杜絕後患，幸好情況在我真的動手之前出現了變化。

「吾豔從男爵，我聽你們在聊的事情挺有趣的，但你應該沒空在這裡浪費時間吧？」

說出這番話的，是剛才還在無謂消耗我家食物的菲力克殿下。

他不曉得是不是想至少回報一下我們招待茶點給他的努力，走到我面前用銳利的眼神看向吾豔從男爵。

「你——」

「你有派遣軍隊擅闖國王直轄領地的嫌疑。」

「什麼——！」

吾豔從男爵一聽到菲力克殿下打斷他的這一句話，就訝異得啞口無言。

他背後的跟班們也倒抽一口氣，往後退一步。

這也難怪。因為派兵擅闖其他貴族的領地或許還能大事化小，然而擅闖國王直轄領地等於是對皇族下戰帖，百分之百會被認定是造反。

造反的罪責嚴重到整個家族都可能被判死刑，當然，共犯也不例外。

所以主犯的跟班絕對也會等著被砍頭示眾。

可是，吾豔從男爵有犯那麼嚴重的罪嗎？

我不懂他說擅闖國王直轄領地的用意，而且——

「這附近沒有國王直轄的領地吧……？」

「有啊，就在這附近。」

菲力克殿下說著指向自己身後，也就是我的店。

這間店的確是透過國家補助買下來的，所以有一半——不對，應該說有九成以上是屬於國家的都不為過，但也不至於算是國王直轄領地……啊，原來如此。

菲力克殿下指的是更後面的大樹海跟山脈。

大樹海跟山脈和國王會派官員代為治理的直轄地不一樣，常常會忘記大樹海這樣的採集重地也大多是國王直轄領地。聽說是要避免等同戰略物資的鍊金材料全在一名領主的掌控下，才會這樣安排。

因此，吾豔從男爵派士兵去山裡找我們的行為，嚴格來說，的確是「派兵入侵國王直轄領地」。

只是實際上本來就不會把一般的國王直轄領地跟採集重地劃為等號，就我所知，也從來沒有領主因為派兵進入採集重地受罰。

「我……我可不記得自己曾經派兵擅闖國王直轄領地！而且你又是哪根蔥啊？敢打斷我說話太無禮了！」

哎呀，看來吾豔從男爵認不出菲力克殿下的長相。

他這次跟上次一樣戴著變裝帽子，只有髮色、頭髮長度跟眼睛顏色與原本不同，變化並不大。

如果認得出他的長相，仔細看就能看出他是菲力克殿下。

我跟艾莉絲小姐認不出來就算了，吾豔從男爵你是貴族家的當家吧？

認不出王子的長相沒關係嗎？你說人無禮，但其實自己才是最無禮的那一個耶。

你這樣等於是赤裸裸地闖進一整片排得密密麻麻的利刃裡面喔。

會被砍得不成人形喔。

然而菲力克殿下似乎覺得吾豔從男爵這樣的反應很有趣，笑說：
「哦，你忘記我的長相了嗎？」
菲力克殿下說著往前踏出一步。
等所有人視線都集中在他身上，他就非常刻意又誇張地把手放上帽子，再用像是撥起瀏海的動作脫下帽子。
——他把帽子脫掉了？等一下，你認真的？
我調配的生髮藥需要等上幾天才會見效。
甚至菲力克殿下根本還沒把鍊藥抹在頭上。
所以他脫掉帽子以後，就露出了跟先前一樣光溜溜的頭頂。
角度意外剛好的陽光照在他的禿頭上，反射出刺眼亮光。
臉上還露出無懈可擊的帥氣神情。
那些人毫無心理準備地正面看到連艾莉絲小姐都忍不住笑出來的場面——
「「「噗哈！」」」
當然是當場笑了出來。
「看來要再多加一條冒犯皇族罪了。」
「什麼！」

菲力克殿下心滿意足地點點頭，緊接著說出口的這段話又讓吾豔從男爵再次啞口無言。故意逗人笑還說別人冒犯其實有點壞。

我是曾經看過一次才忍得住，一般根本不可能憋住突然湧上的笑意。

但當初艾莉絲小姐不小心笑出來也沒被認定冒犯皇族，表示冒犯皇族罪完全是菲力克殿下說了算。也或許吾豔從男爵他們算特例？

只是這種特例真的很倒楣。

「我想，我必須向後面幾位自我介紹一下，我叫做菲力克・拉普洛西安。這樣各位應該知道我是什麼人了吧？」

跟班們一聽到拉普洛西安這個姓氏，臉色瞬間變得蒼白無比。

這個國家裡的成年人再怎麼沒學問，都至少會知道自己住的國家叫什麼名字，更不可能不懂姓氏跟國家同名的人就是皇族。

「吾……吾豔大人，犯了冒犯皇族罪會怎麼樣啊？」

「我哪知道！而且更麻煩的是派兵擅闖國王直轄領地！這條罪比殺死一個平民鍊金術師重太多了。意圖背叛皇族是唯一死罪啊！」

他又把自己犯罪的事實順口說出來了。

吾豔從男爵可能是太著急才會不小心說溜嘴，可是一個貴族這麼管不好嘴巴不好吧？

雖然他主動在皇族面前坦白自己的罪行是讓我省事不少啦。
「我……我們應該不會被判死刑吧？擅闖國王直轄領地又不關我們的事！」
「想得美！等我被抓去砍頭，你們也一個都跑不掉啦！」
「我們只是執行吾豔大人的命令而已耶！」
「我給你們吃了那麼多甜頭，別以為事到如今還能跟我切割得乾乾淨淨！」
吾豔從男爵跟他的跟班們展開一段醜陋的爭執。
像馬迪森他們是被逼的就算了，如果這些跟班是自願協助吾豔從男爵，就應該為自己的所作所為負起責任。
……那些想破壞我店面的蠢蛋也一樣。
「皇族才不會來這種偏遠的小村莊好不好！」
「而且那個頭上光禿禿的男人哪可能是皇族啊！」
「對啊！他是禿子耶！王子怎麼可能會是個禿子！」
跟班們抱頭喊出來的話可說是無禮至極，但本來明顯跟他們一樣不知所措的吾豔從男爵似乎是驚覺到了什麼事情，忽然睜大眼睛，露出奸笑。
「——沒錯！皇族不可能會來這種鄉下地方。那傢伙一定是假冒皇族的無禮之徒。你們說對不對？」

跟班們有一瞬間完全愣住，或許是一時無法理解吾豔從男爵話中的意思。但他們很快就有了共識，露出抽搐的笑容說：

「咦？——對……對啊！吾豔大人也覺得皇族才不會來這種鬼地方吧？」

「皇……皇族怎麼可能會不帶護衛，自己一個人在外面遊蕩！」

「我付了很多錢給你們，而且對方只有兩個人而已，去給我處理掉他們！」

退到後頭的吾豔從男爵推了跟班們的背後一把。跟班們顯得有點猶豫，卻也伸手拿起自己的武器。

——你們這樣真的會被判死刑啦！

我連忙擋在菲力克殿下面前。

菲力克殿下也有帶著武器，可是他看起來很文雅，我不確定他大概有多少實力。

他應該不會太弱，可是我也不敢讓菲力克殿下一個人面對威脅。

如果是在童話故事裡面，有一個王子保護自己或許是很浪漫的場面。

然而現實中發生這種事就很難說了。即使當下沒受到譴責，也很可能被抓去審問。

會被質疑——妳竟然不幫助菲力克殿下，讓他得要孤軍奮戰。

如果今天袖手旁觀的是一個手無縛雞之力的公主，或許還不會被追究責任。但很可惜，有能力反擊的我這麼做一定會被究責。

所以我要挺身奮戰！

為了我的未來奮戰！

我再怎麼樣都絕對不可能是為了保護菲力克殿下而戰！完全沒有誤會的餘地！

「殿下，請您先進店裡躲著。店裡很安全。」

「不，妳用不著擔心——而且這下他們又多了教唆殺害皇族跟殺害皇族未遂的罪名了。」

「您怎麼還有心情說這樣的話……」

不過，看來我似乎是太低估他，也白操心了。

菲力克殿下微微舉起右手，彈出清脆聲響。

隨後馬上就有六名男子——不對，應該說乍看像是男性的六個人不知道從哪裡跳了出來。

他們穿著包裹全身的黑衣，臉部也被刻意遮起來，看不出他們的真實性別。

沒錯，剛才那些跟班也說了，皇族不可能會獨自出門。就算乍看沒有護衛在，也不可能真的沒有任何護衛跟著菲力克殿下。

他們現身之前，我只有隱約感覺到有其他人在。而能夠隱藏自身氣息的這群護衛，實力自然是不在話下。

跟班們遭到擊暈跟吾黜從男爵遭到綑綁，幾乎是在同一個瞬間發生的事情。

「什麼！這……這是怎樣？發生什麼——唔唔唔！」

無法理解這短短一瞬間內發生什麼事的吾黜從男爵非常慌張，隨後就被塞了東西在嘴巴裡，無法正常說話。

工作效率神速的幾名黑衣人立刻單腳跪地。待在最前面的那一名黑衣人低下頭，等待菲力克殿下的下一個指示。

一群黑衣護衛跪在站得直挺挺的菲力克殿下面前等待指示的情景是很有魄力，可是……菲力克殿下，拜託你快把帽子戴起來。你的禿頭毀了整個氣氛。

這樣看起來真的太突兀了。

不曉得菲力克殿下是不是隱約感覺到我這份願望，只見他把帽子戴了起來，同時對護衛下達指示。

「把他帶走。」

「遵命。」

啊，護衛的聲音聽起來偏高。

搞不好其實是女性？她看起來有點嬌小，身材好像也滿標緻的？

不知道她是不是感覺到我正在仔細觀察她，有一瞬間跟我四目相交，但很快就看見她的身影逐漸變得透明。連那些被綑綁起來的男子也消失得無影無蹤。

——哦，原來護衛穿的黑衣是鍊器。

那一身黑衣在晚上會不太起眼，可是白天一定非常醒目。
或許就是鍊器的效果讓護衛們在白天也能隱藏身形。
只是想必也是這群護衛有足夠的實力，才能這麼無聲無息。
光是他們有資格被派發到這樣的鍊器，就知道他們絕對不是一般人。
因為市面上根本找不到那種鍊器，連我都是現在才知道有這種鍊器存在。
「嗯，處理得滿順利的。感謝妳的協助。」
「……殿下，您是不是刻意挑釁他們？」
菲力克殿下高興地輕敲掌心，而我則是不禁對他投以懷疑眼光。
他會今天來找我，還故意待很久都不走，應該都是因為他知道吾豔從男爵今天會來我這裡。
他剛才問我知不知道吾豔從男爵做過哪些勾當，又有沒有證據，應該都只是在打發時間而已吧？
他會刻意挑釁，大概也是想害吾豔從男爵罪加一等。
因為光是教唆殺害皇族的罪責，就夠他合理當場擊斃吾豔從男爵了。
我真希望他可以想想這樣會給我添多少麻煩！
「我不認為我有挑釁他們。不對，應該說我本來打算挑釁他們，然而還用不著我這麼做，他們就自己失控亂來了……這倒是有點出乎我的意料。」

菲力克殿下或許是多少有感受到我內心的憤怒，微微撇開了視線。

雖然菲力克殿下因為諾多先生給我們添了大麻煩而特地多付錢補償我們，可是我現在反倒覺得菲力克殿下更麻煩。因為他的權力大到一般人根本無法反抗。

「恕我冒昧一問，您真的有必要引誘他們觸犯更多條的罪狀嗎？其實我也是一直到殿下提起，才想起吾豔從男爵的確算是派兵擅闖國王直轄領地，應該光是這項罪名就足以撤銷他的領主身分了吧？」

菲力克殿下其實不需要冒險（？）來這種地方設麻煩的陷阱引誘目標上鉤，他就算想直接率軍前往南斯托拉格逮捕吾豔從男爵，也絕非難事。

畢竟吾豔從男爵也不至於蠢到會攻擊國王的直屬軍隊——應該不會吧？不對……這個好像很難說？

「他嚴格來說是擅闖國王直轄領地沒錯，只是我想盡可能避免用這項罪名逮捕他。要是害採集地附近的領主以後都不敢輕易派兵提防魔物襲擊，也是個麻煩。」

「這……您說得對。」

可以大量採集到鍊金術材料的地方，通常也會存在許多魔物。

雖然魔物跑出來攻擊周遭城鎮的情況並不常見，但就好比這個村子也曾經遭到地獄焰灰熊攻擊，可能性並不等於零。

因此採集地附近的領主還是得提防魔物出沒，必要的時候還得派遣軍隊前往處理。

那麼，假如曾經有人因為派軍進入採集地受罰，會造成什麼影響呢？

大多領主一定會不敢輕易派遣軍隊前往採集地。

最後就會導致得不到軍隊保護的採集家跟周遭領民受害。

「而且率軍逮捕領主也有可能發生突發狀況。尤其這次要逮捕的是吾豔從男爵。我並不希望逮捕過程影響到他的領民。」

有時候出動軍隊不是只會引發武力衝突，也可能會出現士兵趁火打劫的情形。

到時候就會是住在城鎮裡的平民受害。

所以我也能了解他會希望盡可能避免採取軍事行動。

「而且我自己帶人來逮捕他，也比較不花錢。」

「的確……您的判斷相當精明。」

不考慮我的錢包跟蘿蕾雅的胃受到多大傷害的話，是很精明沒錯啦！

「對吧？」

他洋洋得意的表情看得我有點火大。

菲力克殿下真的是乍看很親民，實際上很笑裡藏刀。

他或許是個值得信任的可靠皇族，不過我不是很想跟這種人培養交情。

我還是比較喜歡艾莉絲小姐那樣直來直往的人⋯⋯

艾莉絲小姐、凱特小姐，拜託妳們快點回來啦！

Episode 4.5

The Aftermath

後續處理

南斯托拉格領主宅邸——

失去主人的這座宅邸，如今僅剩一片沉寂。

大多傭人被下令休假，只有少數人留下來保持室內環境整潔。

吾豔從男爵的罪責之重，使得正常情況下應該會一窩蜂來爭奪當家地位跟財產的親屬與自稱親屬全因為害怕遭到連坐處分，而避之唯恐不及。

空蕩蕩的宅邸一角——有一名老人靜靜坐上了辦公室的沙發。

他的背影看起來相當憔悴，或許是長年下來的精神疲勞使然。老人散發出的氛圍相當沉重，彷彿拒絕任何人接近他。忽然，某位致使這座宅邸陷入寂寥的元凶開口向他搭話。

「克蘭西。」

「——！菲力克殿下……好久不見。」

受到呼喚的老人——也就是吾豔從男爵家的管家克蘭西轉身看往背後，並立刻起身，單腳跪在菲力克面前，低頭敬禮。

「你應該也有聽到消息，坍德．吾豔從男爵已經遭到逮捕了。他背負了很多項罪名……永遠都不會再回來這裡了。」

菲力克直截了當的話語使克蘭西緊緊閉上雙眼，並在短暫沉默之後嘆出深沉的一口氣。

「……謝謝您特地告知。請問吾豔從男爵家會受到什麼樣的處置呢？」

「你先坐下來吧。讓你一個老人家跪著聽我說話，我也很不自在。」

菲力克說著指向沙發，然而克蘭西卻搖了搖頭。

「不，我老人家已經是等待受罰的罪犯。在您面前就坐實在不敬。」

「喔，你大可放心。這次只有主動參與犯案的主犯與共犯會遭到判刑。被動執行坍德命令的共犯並不會受罰。」

菲力克受珊樂莎所託，決定不追究馬迪森等人的罪責，只以「是否主動參與犯案」來區分應制裁的對象。

再加上若所有主動與被動犯案的人一律接受處罰，會導致無人處理政務，因此這次殺害皇族未遂事件雖然是大事，卻也沒有多少人真正受罰。

「感謝您的大恩大德。但我是掌管吾豔從男爵家事務的管家，照理來說，我也應該受到連坐處分。」

「我知道你一直以來都會盡可能降低坍德那些無理取鬧的命令造成的負面影響。你已經盡力了——請坐吧。」

菲力克再次請克蘭西就坐。克蘭西說著「那就恕我失禮了」坐上沙發，而菲力克也坐到他正前方，開始談論正題。

「那就來談談要事吧。我們本來想沒收吾豔從男爵家的領地，再將爵位降為騎士爵，避免直接撤銷貴族身分……不過，他們家族並沒有適合接任當家的親屬。而既然吾豔從男爵家今後對國家不會有任何助益，那我們也沒有必要強行留下這個貴族家系。希望你能諒解。」

「沒關係，本來就是大老爺跟老爺太過出類拔萃。要是由其他親屬來接任領主，想必也只會繼續讓吾豔家的名號蒙羞。」

坍德是特別誇張的例子，然而現今存在的親屬也沒有比他好上多少，可以說整個血脈都是如此不成才。菲力克當初聽到調查結果時，甚至還很疑惑這個家系為何會出現前任與前前任領主那樣的傑出人才。

因此就算留下吾豔家系的貴族身分，也幾乎無法期待下一任當家會忽然變得清廉正直，反而有相當高的機率會再次惹出麻煩。

克蘭西也因此認為「與其讓下一任當家又闖禍給國家添麻煩，不如趁這次機會撤銷爵位」，並再次為此吐出深深嘆息。

「如果這一任當家至少有平凡水準的能力倒還好……但看來上一任當家能力再優秀，也沒有成功發揮在教育孩子這方面上。」

「因為老爺灌注太多心力在促進城鎮發展了。要是當初有請優秀的教師幫忙指導孩子，或許就不會落得現在這種下場，可是我們這種偏遠地區實在很難找到適任的教師……」

「畢竟敢斥責貴族小孩的教師很少見。幸好以前負責教導我的教師敢嚴厲斥責我——我都數不清自己被她揍過了幾次呢。」

菲力克回想起當時的情景，發出呵呵笑聲。

「您說米里斯大師嗎？她是特例。敢對皇族表達意見的教師已經很少見了，真正敢對皇族動粗的教師又更是屈指可數……吾豔家實在沒這個福氣請到那麼出色的教師。」

「她以前似乎也不是非常情願來當我的教師。她常常把『你有意見的話，隨時都可以開除我』掛在嘴邊。」

「然而殿下還是沒有開除她。」

「因為我也沒有權限開除她。她第一次出拳揍我的時候，我曾忍不住去向父皇告狀……結果卻只多換來了一個腫包。」

國王當時耐心聽完兒子訴苦後，仍然認為菲力克有錯在先，多揍了一拳教訓兒子。他甚至要兒子更努力學習，要求增加菲力克的上課時間。

「米里斯大師很不高興自己得花更多時間留在皇居教導我，常常出些很無理取鬧的課題。不過，她當時的做法也的確促進了我的成長。」

奧菲莉亞原本就沒有很想接下教育菲力克的工作。

她透過出課題的方式減少浪費在講課上的時間，而菲力克嘴上抱怨歸抱怨，卻也順利完成了每一道課題。

所以乍看冷淡，實則很照顧人的奧菲莉亞的負擔並沒有因此減少，就這麼教出了一名傑出的學生。

「真希望吾豔家也能有米里斯大師一半實力的優秀教師來教導孩子……請問您會決定設局逮捕他，是因為他意圖傷害珊樂莎小姐嗎？」

「我從坍德以前惹出大麻煩時，就在注意他的一舉一動了。應該說起因是他想掠奪洛采家的領地，而珊樂莎小姐是我決定付諸行動的關鍵之一——只是這件事的確是特別重要的關鍵。」

菲力克先前也很煩惱洛采家欠下鉅額債款，然而皇族也無法擅自介入貴族之間的問題，更何況是只協助其中一方。

他曾經考慮私下提供協助，卻也不認為洛采家之中有人能夠活用自己的建議，只能等待其他適合的機會來臨。而這時候出現的意外救兵，正是珊樂莎。

菲力克決定暫時靜觀其變，最終發現珊樂莎運用自身的知識、技術與人脈幫忙解決了洛采家的負債問題。

他看見珊樂莎沒有自己的協助，依然能夠順利解決這件麻煩事，便改變了想法。

「我認為事態已經嚴重到無法再拖延下去，才會決定『試探』坍德。」

「您會要我前往王都一趟，也是想試探他嗎？」
「你這麼說就不對了。我是要『南斯托拉格的負責人』來王都一趟。所以來王都的是坍德也無妨。而假如他留在南斯托拉格可以只憑一己之力做好自己的工作，倒也是好事——可惜結果並不理想。」
菲力克嘴上說「試探」，卻早在當初就已經幾乎不對坍德懷抱任何一絲希望，因此他刻意引誘克蘭西離開坍德身邊，也只不過是讓他更加確定坍德無可救藥的最後一根稻草。
沒有克蘭西在一旁輔佐的坍德一如他的預料，立刻動起了歪腦筋。
而且完全沒有發現菲力克已經來到自己的領地。
但是，菲力克也沒有料到坍德在克蘭西離開後做的第一件事，就是試圖殺死珊樂莎。
一般只要稍微動點腦，就知道意圖傷害國家特地培育的鍊金術師有多危險——甚至她還是實力特別優秀的鍊金術師。這使得以為坍德頂多刻意要些小動作騷擾珊樂莎的菲力克，必須急忙派遣下屬前往應付突發狀況。
「我沒料到他竟然會愚蠢到這種地步。要是這次設局間接導致珊樂莎小姐喪命，米里斯大師一定不會留我活口。」
菲力克很清楚奧菲莉亞特別中意珊樂莎這個徒弟。
這也是為什麼他會搶在坍德抵達之前，先行上門拜訪珊樂莎。

菲力克當然知道珊樂莎實力非凡，卻也擔心只有她擁有足夠實力對抗坍德。尤其她身邊有不少人可能被當成人質，要是坍德衝動到完全不在乎外界觀感，很可能會危害到珊樂莎。

但他終究沒料到坍德竟然敢對皇族刀劍相向。

「我也很意外他竟然會那麼大膽……真的很抱歉。」

克蘭西深深低頭道歉，隨後看著菲力克詢問：

「……那麼，南斯托拉格未來會由誰接管呢？」

「應該會暫時視作直轄地，派官員代為治理。之後……再交給珊樂莎小姐來治理，或許會滿有趣的。她真的是個很優秀的女孩。」

菲力克微笑著說出的這番話令人難以判斷是真心話，又或只是開玩笑。克蘭西聽得不禁稍稍睜大了雙眼。

「記得她是鍊金術師培育學校的畢業生吧？可是她再怎麼優秀，也只是一介平民。請她接管南斯托拉格的確很符合殿下的方針，但我認為如此突然的改革會引起貴族們的反彈。」

「我也不是想刻意排除貴族。我只是希望貴族們更認真向學，更用心培養自己的能力。至少也應該磨練到跟我差不多的程度。」

「哈哈哈……您曾經接受米里斯大人的教導，要貴族們磨練到跟您一樣的程度，似乎有些強人所難呢。」

克蘭西以一陣乾笑回應，並搖了搖頭。因為他知道菲力克說的「跟我差不多的程度」不是凡人光憑努力就能達到的境界。

「他們至少可以嘗試努力看看吧？我不認為我國是弱國，卻也絕非強國。我必須讓貴族們有點危機意識。而且論找珊樂莎小姐來接管這件事，我也不需要特地把她從平民晉升為貴族。所以其實並非難事。」

「根據我的調查，她應該只是平民……難道其實不是嗎？」

「她好像跟洛采家的繼承人訂婚了。珊樂莎小姐進到洛采家就會取得貴族身分，之後就可以直接晉升她的爵位，讓她接管南斯托拉格了。」

貴族如果有機會得到優秀鍊金術師這樣的人才，本來就會積極拉攏。

所以克蘭西認為洛采家會想安排繼承人跟珊樂莎結婚很合理，然而，卻又馬上發現這件事會與先前得到的情報產生衝突。

「可是，我記得洛采家應該沒有生男孩吧……？」

「她是跟長女艾莉絲小姐訂婚。」

「原……原來是同性婚姻……」

「畢竟結婚的對象不是一般人，是鍊金術師。只要有辦法找到下一任繼承人，國家也沒理由反對這場婚事。」

王國法沒有禁止同性婚姻，但還是相當少見。克蘭西困惑得語塞起來，菲力克則是搖頭表示不成問題，並聳聳肩接著說：

「——她們說不定是因為曾看過差勁透頂的男人，就不想跟男人結婚了。」

菲力克想起洛采家先前的借貸事件，小聲說出這番猜測。

實際上，他並沒有猜錯。

艾莉絲即使知道貴族本來就有可能得被迫跟沒有好感的對象結婚，然而偏偏當時的對象卻是野仕．窩德。

他不只性格差勁無比，還可能透過那場婚姻掠奪洛采家的實權。

而在這份絕望之中亮起的希望之光，就是珊樂莎。

她幫助艾莉絲免於跟野仕．窩德結婚，還幫洛采家解決債務問題，甚至跟她結婚會帶來不少益處。不只很有才華，連個性都不差。

珊樂莎跟野仕．窩德可說是完全相反的存在，好比天與地，又好比白雪與黑墨。

同性的艾莉絲就算沒有不小心愛上珊樂莎，也難免會冒出考慮跟她結婚的想法。

「但也的確有點可惜。我本來還考慮娶珊樂莎小姐作為我的妻子。」

克蘭西一聽到菲力克這番話，就震驚得顫了一下，並雙眼圓睜地說：

「什麼！我……我認為這不太可行。一定會比直接授予爵位更容易引發貴族們的反彈。」

「她來自孤兒院，只要謊稱她是某個貴族的私生女就好。再加上她也相當有實力。如果米里斯大師願意推波助瀾，並不是不可能成就這樁婚事。」

只要捏造她是「某貴族私生女」的事實，再讓她成為高階貴族的養女，就不會有身分配不上王子的問題，而且收養子女在貴族世界裡也不算少見。

然而，就算菲力克跟珊樂莎可以藉此合理結婚，珊樂莎也會是最反對這樁婚事的人。

她總是夢想跟夢中情人結婚，而她的「夢中情人」絕對不可能是菲力克。

如果菲力克跟艾莉絲一定要選一個，她百分之百會選擇艾莉絲。

菲力克似乎也知道珊樂莎不會想跟自己結婚，聳了聳肩苦笑說：

「不過，我跟她的婚姻應該不可能成真。她好像不太想跟我有過多交流。」

「哦，她不想跟殿下有過多交流嗎？明明女性應該很容易喜歡殿下英俊的面容，真稀奇。」

「她似乎不是以貌取人。我會刻意避開因為我的外貌跟地位來討好的女性，卻又總是遇不到能夠包容我本性的女性。要找到適合的對象真是不容易啊。」

雖然乍聽像是單純在感嘆不少女人不願意重視他的內在，不過，珊樂莎會想跟他保持距離的主因其實是他隱約散發出來的陰險氣質。

或許只有極少數女性能夠包容他這份陰險。

與菲力克認識許久的克蘭西也很熟知他的本性，並用婉轉的方式表達自身看法。

「畢竟殿下聰明非凡，不是常人能夠理解的。」

「呵，你不需要說客套話。呵呵呵。」

「不不不，我是發自真心這麼想的。哈哈哈。」

菲力克與克蘭西以虛假的笑容與笑聲回應彼此，並在不久後同時嘆了口氣，恢復嚴肅神情。

「那麼，我想跟你談談代管南斯托拉格的人選……」

「是。我會在代理官員到任之前準備好交接資料，為國家盡最後一份心力。」

克蘭西迅速表示知道自己應該做些什麼，然而菲力克卻舉起手制止他。

「不，克蘭西，我想說的是——你願意以官員身分代為接管南斯托拉格嗎？」

「您……您說我來代管南斯托拉格嗎？可是吾豔從男爵家已經不復存在，現在的我只是一介平民。由我來代為執行治理職務，恐怕會引發吾豔從男爵家親屬的強烈反對……」

「有些官員也是出身平民。尤其現在『已經沒有任何一個親屬』會反對由你來代管了，你不需要擔心。」

「…………」

菲力克這番話背後暗藏的意義使得克蘭西微微倒抽一口氣，腦中瞬間掠過「您就是這樣才會讓珊樂莎小姐想刻意避開您吧？」的想法，卻也沒有實際說出口，僅僅是保持沉默。

「你拒絕接管的話，就會改由其他官員來代管。我們會盡可能派遣清廉正直的官員過來，但施政方針還是得由當事官員決定，我們皇室無權干涉。」

聽到菲力克暗指施政方針有可能會與以往相左，克蘭西便低頭陷入沉思。

他回想起自己與前前任和前任領主一同走來的種種時光。他們曾不惜一起犧牲睡眠付出辛勞與汗水，甚至為了討論出最好的施政方針與彼此激烈爭論，努力把小小的驛站發展成大城鎮。

輔佐坍德的經歷早就已經是黯淡無光的往事，他與前前任及前任領主共同奮鬥的回憶卻是歷歷在目。

換由其他官員來治理，或許會讓南斯托拉格漸漸遠離他們過去懷抱的理想。

被迫面對這份現實的克蘭西，自然沒有選擇的餘地。

「你願意代為接管南斯托拉格嗎？」

「……我願意接下這份重責大任。」

克蘭西對再次開口詢問的菲力克深深低下頭，眼角悄悄亮起一道寂靜的淚光。

Epilogue

尾聲

吾豔從男爵遭到逮捕的三個多星期後。

沒能在關鍵時刻回來伸出援手的艾莉絲小姐跟凱特小姐，終於回到了約克村。

「「歡迎回來。」」

我跟蘿蕾雅一起迎接兩人的歸來。她們的表情透露出疲勞，但可能是因為順利處理掉不少先前懸在心裡的大石，臉上更多的是輕鬆愉快的笑容。

「我們回來了！總算解脫了！」

「讓妳們久等了。對不起，我們居然沒辦法在最重要的時候陪在妳們身邊。」

「就是說啊~真的需要妳們在的時候就一直等不到妳們回來，這樣怎麼當個合格的未婚妻呢。害我還得要自己一個人面對菲力克殿下耶。」

我用開玩笑的語氣這麼說完，艾莉絲小姐就得意洋洋地說：

「嗯，我也覺得很抱歉。不過，我認為就算我當時在場，也幫不上店長閣下半點忙！」

「艾莉絲小姐，妳是不是嘴上這麼說，心裡卻很慶幸自己沒在那時候回來？」

「……沒有啊。我怎麼可能會那麼想呢。」

她完全掩飾不了真心想法的反應，讓我不禁笑了出來。

嗯，艾莉絲小姐果然比菲力克殿下好多了。

「不過，這的確也不能怪妳們。反正這段期間我們也沒怎麼樣。對吧？蘿蕾雅。」

我向蘿蕾雅尋求附和，然而她並沒有表達肯定，而是半瞇著眼看著我。

然後嘛起嘴唇，戳了戳我的側腹。

「……我可是胃痛得不得了，才不是沒怎麼樣。親手做餅乾給皇族吃絕對是我來這裡當店員以後最無理取鬧的一份工作。」

「什麼！妳們端了蘿蕾雅做的餅乾給菲力克殿下吃嗎？」

我用力點頭，肯定訝異到睜大雙眼的艾莉絲小姐提出的疑問。

「對，因為他很刻意地要求我提供茶水。皇族真的很會無理取鬧耶。」

「然後珊樂莎小姐就把他無理取鬧的要求推給我處理。」

「沒……沒關係啦，反正菲力克殿下也很喜歡妳做的餅乾啊！」

應該吧。我沒辦法肯定。

既然他沒有抱怨難吃，那應該就是沒有意見吧？

而且他都說很好吃了……只是也無法否認有點像是我逼他說的。

「如果真的會受罰，到時候也有我陪妳啊！」

我抱住蘿蕾雅，故意稍稍撇開話題。蘿蕾雅看起來好像想說什麼，又說不出口，最後輕輕拍了我的背，說：

「唉……好啦，反正我也覺得珊樂莎小姐要跟王子殿下面對面講話比較辛苦。」

「原來妳懂我有多辛苦！而且他明明看起來斯斯文文的，可是又有點恐怖！有種不知道他在想什麼的感覺……反正就是全身上下都很有貴族氣息的一個人！只能說真不愧是皇族！」

我看過的貴族大多是在鍊金術師培育學校裡的同學——也就是未成年的小孩子，所以我從來沒遇過像他那麼難看出心裡在想什麼的人。

我沒辦法分辨他表現出來的情緒是真是假，也沒辦法肯定有沒有猜對他的想法，怎麼說，就是一個相處起來非常麻煩的人。我不太希望自己身邊有這種人。

就算非得跟這種人交流不可，我也想盡可能跟對方保持一大段距離。

「……算了，反正以後應該不會再遇到他了。」

考慮到我們的地位差距，這次絕對算是例外。可是就在我斷定自己永遠不會再跟菲力克殿下說上話的時候，凱特小姐忽然用好像想表達什麼的眼神看著我，說：

「這很難說吧？他跟奧菲莉亞大人也有交情不是嗎？我覺得妳認為自己以後都不會再遇到他，有點太樂觀了。」

「凱特小姐，不要說這種不吉利的話啦！而且他要是又有事情要找我，到時候不只是艾莉絲小姐，連凱特小姐都跑不掉喔。」

我這麼說完，凱特小姐就像是吃到什麼苦到不行的東西一樣皺起眉間，扶著額頭說：

「說得也是……也對，我們不會再遇到他了。我們還是忘了這件事吧。」

「嗯，還是忘記這件事比較好。」

我跟凱特小姐面面相覷地對彼此點點頭，同時故意假裝沒聽見蘿蕾雅那句：「我倒認為這只是在做無謂的掙扎。」

明顯因為長途跋涉而累積不少疲勞的艾莉絲小姐跟凱特小姐稍做休息過後，時間來到了晚餐時間。蘿蕾雅煮了一頓比平常豐盛一點的晚餐，我們也久違地四個人坐在一起吃飯。

有好一段時間都只有兩個人的用餐時間恢復了以往的熱鬧，蘿蕾雅的笑容似乎也比先前更加燦爛。

「這段時間真的辛苦兩位了。」

「謝謝。有人這樣歡迎我們回來，真的會有種回到家的感覺呢。」

「是啊，店長小姐這裡已經變成可以讓我們覺得安心的家了。」

「我也很高興妳們願意這麼說——只是我住在這裡的時間，其實也沒有比妳們多太久。」

我的父母還在世的時候，我常常需要跟著他們搬家，我們一起住的最後一間房子也已經是別人的房子了。

學校宿舍又完全只是上學那幾年借住在裡面，而孤兒院似乎也不太算我的家……應該說比較像現在不會常常回去的老家——不對，是比較像親戚的家吧？

我在那些地方住了好幾年，在約克村的時間則是不到一年，並不算長。

住在這個家會特別安心，大概有一部分也是因為這間房子完全是屬於我自己的，不過——

「……應該也是因為可以吃到蘿蕾雅煮的美味料理吧？」

「咦？妳怎麼突然這麼說？」

「我在說會覺得這裡是『自己家』的原因。」

一個「家」必須住起來很安全跟舒適，同時也很需要可以消除工作疲勞，讓人吃了會覺得心裡很暖的美味料理。

蘿蕾雅會煮飯給我們吃，絕對是這個家待起來特別安心的主因之一。

「喔，我知道，這種現象就是『抓住一個人的胃，就能抓住對方的心』吧！」

「咦？我抓住了妳的胃嗎？」

「唔～好像也無法否認？」

蘿蕾雅微微歪著頭，疑惑地看著我。我給了她一個不太確定的回答。

我猜實際上應該跟艾莉絲小姐講的那句話不太一樣，但我能肯定蘿蕾雅煮的飯是真的好吃。

比我只求方便就隨便煮煮的飯好吃太多了。

「我以前覺得吃飯只要夠填飽肚子就好，可是像這樣天天有好吃的可以吃……就回不去以前的生活了。」

平常吃得簡單一點沒關係，偶爾吃點好吃的就好——

我在蘿蕾雅開始來幫我煮飯之前，都還是這麼想的。

「看來媽媽之前說的是對的。」

「艾莉絲，這下妳也得要有點危機意識，才不會被店長小姐拋棄了喔。」

呃，怎麼會提到拋棄——啊，因為我們算是有訂婚，所以要是解除婚約可能就等於是她被我拋棄？

可是艾莉絲小姐是貴族，我只是個平民。以客觀角度來說，我才會是被拋棄的那一方。

「呃，可是……對，我是貴族千金，本來就不需要自己下廚。」

「不要在這種時候才拿自己是貴族千金來當藉口。夫人不也因為我們沒錢僱用廚師，曾經親自教過妳嗎？」

「有些事情還是交給對那個領域有才能的人比較好。所以煮飯就交給妳了。再說，我們本來就是買一送一嘛。」

艾莉絲小姐得意洋洋地說道。

我記得她之前有講過類似的話，可是這樣講好像什麼特惠商品一樣……

而且這不是可以一臉得意地說出口的話吧？

「呃，原來那個還算數喔……可是我也沒自信煮得比蘿蕾雅好吃。」

「我不會只看廚藝來決定要不要跟誰結婚啦。」

我「唉」的一聲，對兩人這段對話嘆了口氣。

講得好像只要抓住我的胃就能跟我結婚一樣，不覺得怪怪的嗎？

——啊，而且蘿蕾雅煮的料理不只是單純好吃而已。

她煮出來比我那種只是隨便煮煮的飯菜好吃很多，可是花的食材費卻跟我差不多，有時甚至比我更省。

就某方面來說，她抓住的或許不是我的胃，而是我的錢包。

懂得理財應該也是一個好太太必備的技能吧？

尤其鍊金術師基本上都很會揮霍，有一個能信任的幫手掌管家計是好事。

「……店長閣下，妳是不是有點變心了？」

「沒有啊。話說回來，妳們那邊最後處理得怎麼樣了？我中途有問過進展，可是還是有點在意馬迪森他們後來有沒有順利搬過去……」

「嗯，反正我跟店長閣下基本上已經確定要結婚了，就先回報我們那邊的情況吧。」

「咦……？」

等一下。我沒聽說過這件事。

我知道我們之間是暫時有婚約，可是還沒確定要結婚吧！

然而艾莉絲小姐並沒有多加理會我的困惑，而是說了一句「凱特，交給妳了」，把說明的工作全推給凱特小姐。凱特小姐一邊苦笑，一邊開始說明詳情。

「嗯，大家都已經到洛采家領地了，路上也沒出什麼問題。他們的新家也快準備好了。」

接受過訓練的馬迪森他們有能力在雪中行軍，可是應該還是無法承受在帳篷裡面過冬的生活，更不用說是他們的家人了。

厄德巴特先生也知道這一點，便動員了所有村民來幫他們蓋新家。

而馬迪森他們正是在這時候抵達了洛采家的領地。

他們很感動領主願意為自己跟家人動員這麼多人蓋新家，還有村民們都願意爽快答應幫忙。馬迪森他們很快就加入了幫忙蓋新家的行列。

「而我也在他們蓋房子的這段期間先去開墾農田。畢竟我還不太習慣開墾魔法，就算比自己動手開墾輕鬆很多，還是會很辛苦。而且我想先幫他們弄到春天一來就可以馬上播種……然後，我們在這時候聽到了吾豔從男爵被逮捕的消息。」

「他被逮捕的時機……對他們來說是不是有點尷尬？」

該不會常常錯失正確時機的不只是艾莉絲小姐，連我也是吧？

「不曉得耶。畢竟最後馬迪森他們還是全部決定搬去新家了……」

聽說馬迪森他們一開始聽說從男爵被捕的時候還有點期待可以回南斯托拉格住，可是情況並沒有單純到可以說回去就回去。

假如吾豔從男爵被捕的消息屬實，也不確定他們家族的政權會不會垮台。

而就算真的垮台了，也沒人能夠確定接任的人會怎麼治理南斯托拉格。

尤其馬迪森他們客觀來看是吾豔從男爵的私兵，立場會有點尷尬。

雖然菲力克殿下曾保證不會處罰他們，可是被判定有罪的標準並不明確，所以就算馬迪森他們確定不會受罰，其他士兵能不能逃過一劫也很難說。

如果其他士兵必須受罰，那些士兵跟士兵的家屬想必也會對馬迪森他們不需要受罰這件事感到很不是滋味。

厄德巴特先生好像不介意馬迪森他們回去南斯托拉格，但他們已經深刻體會到洛采家領民的人情味，再加上瑪里絲小姐——正確來說是雷奧諾拉小姐安排馬迪森他們家人搬出南斯托拉格的動作非常迅速，所以他們最後還是決定舉家搬遷到洛采家領地。

「我也很高興我們家領地有新的居民入住……但一路上真的滿辛苦的。」

「是啊，畢竟馬迪森他們的家人不是受過訓練的衛兵，是不習慣出外旅行的一般人。」

「至少他們還會自己照顧自己的家人，算不錯了。」

兩人對彼此露出苦笑。馬迪森他們的家人並沒有像我當初預料的那樣需要連夜逃亡，可是要帶著不習慣長期外出的女性跟小孩子在寒冬中遠行，似乎也是吃了不少苦。

聽說除了艾莉絲小姐跟凱特小姐兩個以外，連厄德巴特先生都親自護送他們，如果馬迪森他們不是衛兵，或許就需要再另外僱護衛保護他們的家人了。

「哦～聽起來真的滿辛苦的。我不曾帶著家當長途跋涉，沒有親身體會過有多辛苦……」

在一旁聆聽來龍去脈的蘿蕾雅從話中感受到了他們的辛勞，小聲說道。艾莉絲小姐開朗地笑著回答：

「沒關係，只要想到這麼做可以促進我們領地的發展，就不會覺得累了。」

「尤其也算是意外得到了一群受過訓練的士兵。我爸爸也很高興以後厄德巴特大人就不需要每次都親自去處理威脅到領民的危險野獸了。」

洛采家領地內過去一直都沒有受過正式訓練的士兵。

所以洛采家似乎也認為這次是增加兵力的大好機會，預計將會以半農半軍的方式僱用馬迪森他們。

不過，艾莉絲小姐聽完凱特這一番話，卻是傷腦筋地垂下了眉梢。

「……不，我覺得爸爸到時候還是會自己跑去打倒野獸。」

「…………我們就指望夫人攔得住他吧。夫人知道厄德巴特大人沒必要親自冒險的話，應該也會出面制止。」

凱特小姐在一陣沉默過後說出的這番話，就像是在指望最後一絲渺小希望能帶來改變。她隨後看向我，詢問：「那店長小姐這邊還順利嗎？」

「我這邊其實也沒什麼特別的事情好說啦。」

吾豔從男爵擅自誤會來拿生髮藥的菲力克殿下是假皇族，對他動武。之後就遭到菲力克殿下迅速逮捕。

簡單來說就只有這樣。

菲力克殿下應該是故意把我拿來當成引誘吾豔從男爵上鉤的魚餌吧？

吾豔從男爵被逮捕的主因也是冒犯皇族罪，搞不好派兵入侵國王直轄領地跟意圖殺害我和艾莉絲小姐的殺人未遂罪都不算數了。

「雖然還是有點納悶……但聽說南斯托拉格情況好像很穩定，應該是菲力克殿下把交接的問題都處理好了吧。」

我昨天有聯絡雷奧諾拉小姐，聽說吾豔從男爵家被撤下的過程沒有出現太大的混亂，南斯托拉格的政務處理也是一如往常。

「可是現在不會有人來找麻煩了，不是很好嗎？我也不用一直擔心受怕。」

「……是啊。反正我也拿到賠償金了，金額還超大的！所以——」

我說到這裡，就停下來看向她們每一個人。
然後故意先賣點關子，才宣布一個好消息。
「這次終於沒有賠錢了！而且賺了超級多！」
「太好了！」
「哦～」
「是喔～」
「……妳們反應好像有點小耶？」
只有笑著拍手慶祝的蘿蕾雅反應是正常的。
妳們兩個應該要向蘿蕾雅看齊一下吧？
我不介意妳們多誇我幾句喔。
我不介意妳們講一下：「店長閣下太厲害了！」喔。
感受到我這道視線的艾莉絲小姐跟凱特小姐一臉尷尬地看著彼此，說：
「呃，因為店長閣下雖然每次開銷都很大，可是也都有賺錢吧？」
「對啊。哪像我們好像每次接了比較大的工作都會欠更多債。」
「咦？沒有吧——」
我本來打算直接反駁，但還是先回想看看前幾次的情況。

我來這個村子以後的第一件大事是地獄焰灰熊狂襲。

當時有藉著地獄焰灰熊的材料賺到一點錢，可是我用來治療艾莉絲小姐的鍊藥值天價，完全是入不敷出。

再下一次是那個吧？冰牙蝙蝠牙齒大量收購事件。

吾豔從男爵跟都仕．窩德有掛勾，所以那次也是害我跟吾豔從男爵結下梁子的原因。

那時候倉庫裡有一陣子放了不少錢，然而大部分不是拿去幫助被都仕．窩德害到負債累累的鍊金術師，就是投資旅店擴建，最後留下來的錢不多。算小賺。

再下一次是艾莉絲小姐被逼婚。

我們藉著打死火蜥蜴賺了不少錢，可是大部分都拿去還債了，再加上事前準備也是不小的開銷，最後算是不賺也不賠。

前陣子還有諾多先生的委託。這次就賠慘了。

當時用來救援的鍊器跟幫助艾莉絲小姐他們三個活下來的應急箱花掉我不少錢。雖然諾多先生有付一點錢補償我的開銷，但是我前面做的一大堆測試版鍊器完全只能自行負擔。

這同時是害我自己也欠下一大筆債的悲劇。

不過，應急箱裡面的東西大多是賣不出去的庫存，試做的鍊器也都是《鍊金術大全》上面的東西，我遲早還是得把它們全部做過一遍。

所以其實不算太吃虧。

而且我透過債權拿到的錢也多少可以彌補當時的其他開銷……

嗯？我一直以為我比較常虧錢，但好像還滿會做生意的？

「——啊，嗯，換個角度來看，的確是常常有賺錢啦。只是我手邊的現金很少而已。」

「對吧？雖然我們兩個連欠的債都沒還多少，好像沒資格多說什麼。」

「對不起，店長小姐。我們那邊的秋季收成量跟往年差不多，可是要過一陣子才能換到現金。妳不介意收農作物的話，是可以馬上還給妳……」

「沒關係，妳們不用急著還。反正我收了一堆麥子也不好處理。」

我對顯得很過意不去的兩人搖搖頭，要她們別在意。

——順帶一提，洛采家欠的債是真的有在減少。

因為每次艾莉絲小姐她們幫我做事，我都會付比一般情況更多的酬勞給她們。

所以我一直以來都不是讓她們做白工，而是她們欠的債金額實在太大了。

尤其她們現在除了治療艾莉絲小姐的鍊藥錢以外，連洛采家之前的債務都改算在我這裡，債務總額自然又會變得更高。

「倒是這次菲力克殿下付給我的賠償金真的來得正是時候。這下我就有錢繳稅了。」

我只是手邊沒多少現金，營業額其實不低。

我前幾天稍微計算了一下，就發現我要繳的稅不是一筆小數目。
鍊金術師必須親自到王都報稅，而國家也有考慮到距離因素，把辦理報稅的時間設得很長。但我原本不會馬上就有大筆收入，要不是有這次拿到的賠償金，我可能會籌錢籌得很辛苦。
「哦，那看來這次菲力克殿下真的幫了我們不少忙呢。」
「而且也是因為有他在，我們才不用多花太多力氣處理吾黜從男爵這個大麻煩。」
「……呃，是啊。」
他的賠償金的確是讓我不用為了繳稅跟人借錢，可是我實在很難發自內心感謝他。
因為他有「教唆諾多先生來搗亂」的嫌疑。
怎麼說，菲力克殿下明明長相就是個英俊貴公子（限期休業中）——卻讓人有種生理上的排斥感，不會認為他是個很有魅力的帥哥。
「……說到菲力克殿下，我們之前在南斯托拉格聽到了很莫名其妙的傳聞。」
艾莉絲小姐似乎是聊著聊著，就忽然想起了先前聽過的傳聞。
凱特小姐聽到之後先是眨了眨眼，才苦笑著搖搖頭說：
「喔，妳說那個喔——那絕對是假消息吧。」
「是跟菲力克殿下有關的傳聞嗎？」
難道是他的禿頭曝光了？

啊，可是艾莉絲小姐跟凱特小姐也知道他禿頭，如果是這件事，就不會說是「假消息」。

而且他有用我給他的生髮藥的話，也早就治好禿頭了。

「呃，就是有人在謠傳菲力克殿下跟店長閣下要結婚。」

「「……什麼？」」

我跟蘿蕾雅異口同聲地表示困惑。

咦？呃，等一下。

怎麼會有這種謠言？我再怎麼樣都不會跟他結婚，是誰說謊這麼不打草稿？

「正確來說，是有人在傳菲力克殿下要跟一個很厲害的年輕鍊金術師結婚。而這附近符合這個條件的就是店長小姐，其他人才會臆測是不是就是妳。」

「店長閣下在這附近也變得滿有名了呢——我先說，推測是妳的那個人不是我喔。」

「珊樂莎小姐，妳跟王子殿下什麼時候感情那麼好了？你們兩個人獨處的時候發生什麼事了……」

「沒有！我跟他之間什麼事情都沒有發生！」

我連忙用力搖搖頭，否定眼神看起來很不安的蘿蕾雅的疑問。

「而且也可能是瑪里絲小姐啊，她是貴族，比我更有可能跟王子結婚——」

「瑪里絲會『厲害』嗎？她把自己搞到欠了不少債耶？」

「她在鍊金術方面或許是有點實力，可是不太可能吧……順帶一提，完全沒有人猜是她。」

「………」

嗯，仔細想想，的確不可能是她。

「可是，我再怎麼樣都不會跟菲力克殿下結婚，就算他願意好了，我也一點都開心不起來啊！」

跟那種人結婚一定會天天精神緊繃到累死啦！

要我跟艾莉絲小姐結婚都比跟菲力克殿下結婚好上好幾倍！

至少應該不會連在家裡都要承受精神疲勞。

「別擔心。我幫妳否定他們的猜測了。」

「太好了！謝謝妳！」

我絕對不可能會想跟菲力克殿下結婚。

就算身分地位差距不大，也一樣不可能。

我不需要什麼白馬王子。

我在鬆了口氣以後向艾莉絲小姐道謝，艾莉絲小姐也面露微笑，語氣非常肯定地說：

「嗯。我有跟對方強調店長閣下的結婚對象是我。」

「……咦？」

呃，我們是有訂婚沒錯，可是還沒確定吧！

「店長小姐，妳別擔心。結婚申請書還沒交出去……但也只是『還沒』而已。」

「居然只是『還沒』！」

「其實原本的用意是先寫起來，方便應對緊急情況。要是店長小姐真的動手殺了吾豔從男爵，就可以立刻拿出一份竄改過日期的結婚證明。」

「因為我們都覺得店長閣下說不定會真的直接殺掉他。」

「…………」

我那時候是很認真地在確認周遭「沒有半個目擊者」，所以無法否定她們的猜測。

要是那時候菲力克殿下沒有走出來，我搞不好已經殺掉那群人了。

可惡……菲力克殿下的救援居然還滿關鍵的。

但是他真的有必要連走過來介入都要故意挑時機，還搞得很浮誇嗎？

「這裡很偏遠，文件一般都要很久才能送到王都吧？我們想說萬一真的需要靠結婚來逃過死刑，先寫好再請店長小姐把結婚申請書傳送過去，可能還有辦法騙過國家的眼睛。」

如果我用傳送陣把申請書傳給人在王都的師父，請她幫我提交，應該把日期寫早個幾天也不會被發現有問題。

到時候我要等王都那邊受理結婚申請以後，才能正式得到貴族的身分。而要不要成婚本來就是貴族的當家決定，除非突然出現權力特別大的人來攪局，不然基本上都不會被認定結婚申請書無效。

「還有，我們連轉讓貴族權力的申請書都寫好了。讓店長閣下當上洛采家的當家，就會變成是騎士爵跟從男爵之間的紛爭。如果是對方有錯在先，會比較能大事化小。」

「妳們居然想得這麼周到！……唔唔……」

聽她們已經想好這麼周全的善後計畫，我也不好意思再反駁什麼。

等等，我是不是反而該感謝她們？

「唔唔唔……謝……謝謝──」

「喔！店長閣下終於願意跟我結婚了啊！那可以現在就幫我把申請書傳送過去嗎？啊～幸好我們寫好的申請書還派得上用場！」

艾莉絲小姐打斷我的話，拿出一份文件。

她放在桌上的幾張紙都是遵照正式文件格式寫的，上面還有厄德巴特先生跟艾莉絲小姐的署名。整份文件只缺我的簽名，就可以提交──對，這份文件就是結婚申請書。

「等等，妳怎麼還留著它！而且還帶過來了！妳應該要說『幸好我們不需要用到結婚申請書』吧！」

「嗯，我本來也不打算帶來，可是……」

艾莉絲小姐尷尬地撇開視線。凱特小姐苦笑著幫她解釋：

「其實是夫人在我們回去時，告訴艾莉絲要積極一點。她說『妳還想繼續當採集家的話，就要想辦法跟珊樂莎小姐結婚。畢竟妳現在這個年齡也很難找到其他對象了』。」

「因……因為我現在已經二十歲了，貴族千金到這個年紀會不容易嫁出去，再加上我又不是什麼美女。而且我們家的爵位不高，很難找到自己喜歡，又會好心幫忙還債的結婚對象。」

貴族千金大多會一成年就結婚，二十歲就很可能被人說嫁不出去。

艾莉絲小姐長得夠漂亮，願意參與貴族社交圈的話，應該會有不少人喜歡她。然而，貴族的婚姻不會只看長相來決定。

有辦法幫忙還債的結婚對象候選人，一定幾乎都是「不討人喜歡」的類型。

「尤其考慮到我們領地的情況，我也不能現在就放棄當採集家……妳應該懂我的苦衷吧？」

艾莉絲小姐不斷揮舞雙手，著急地向我解釋這麼做的理由。我看著她思考該怎麼回答。

凱特小姐也跟著開口試圖說服我。

「而且妳這次雖然不用上法庭，也還是先拿到貴族身分，會比較方便應對以後說不定還會再遇到的貴族紛爭吧？」

「哪……哪可能常常有機會跟貴族起爭執啊！……應該吧。」

「是嗎？妳來這裡不到一年就跟吾豔從男爵起爭執，還跟菲力克殿下有直接交流……偷偷說，我其實覺得菲力克殿下很像瘟神，妳不覺得嗎？」
凱特小姐居然把事實說出來了！
連我都只敢在心裡想，沒有說出口耶！
「所以，我認為妳還是直接在這裡簽名會比較放心喔。」
「妳只要寫一下自己的名字就好。」
「唔唔唔……蘿……蘿蕾雅妳覺得呢？」
她們用讓我很難以反駁的優點來說服我，害我不禁向蘿蕾雅求救。
但蘿蕾雅只是微微歪起頭，對我露出微笑。
「嗯……我覺得還不錯啊。」
「蘿……蘿蕾雅！」
她居然不幫我說話了！
之前那個還會當我擋箭牌的蘿蕾雅去哪裡了？
「因為跟艾莉絲小姐結婚會比較安全，不是嗎？而且妳結婚以後應該也可以繼續在這裡開店，我是沒有意見……」
「凱特小姐！」
妳是不是事前跟蘿蕾雅套好招了！我用眼神這麼質問凱特小姐，但她立刻撇開了視線。

她一定曾在我們之前暫時擱置結婚話題之後，偷偷說服過蘿蕾雅。

唔唔唔……的確，以蘿蕾雅的角度來說，不會影響到她的生活，自然就沒有理由堅持反對我跟艾莉絲小姐結婚。

「而且我也喜歡艾莉絲小姐跟凱特小姐，可以一直跟妳們在一起當然是好事。」

「哎呀，真高興能聽到妳這麼說。我也很喜歡妳喔，蘿蕾雅。」

「嗯，我也很喜歡蘿蕾雅！那麼，店長閣下，簽名吧！」

艾莉絲小姐把申請書遞到我面前，凱特小姐也將不知何時準備好的筆遞了過來。

蘿蕾雅則是在一旁喝茶，悠悠哉哉地看著她們兩個跟我的攻防戰。

我抬起頭，把視線從她們三個身上移向天花板，開始煩惱我到底該不該接過那枝筆。

後記

好久不見，我是いつきみずほ。

沒想到還有機會在這部作品跟大家見面……老實說，連我自己都很意外。

更讓我意外的是要動畫化了。對，動畫化。這部作品要做成動畫了。

我剛接到這個消息的時候，整個人高興到手舞足蹈——喔，不對，我並沒有真的跳起舞來。因為我平常沒在運動，突然跳舞一定會累到動彈不得。

而且我當時第一個想法是：「嗯？我記得離愚人節還有一段時間吧？」

不過，各位也別擔心，這並不是假消息。太不得了了。連我自己也好驚訝。各位讀者或許也很驚訝，但我自己應該才是最驚訝的那個人。

也多虧大家的捧場，這次的第五集才能順利問世。真的很感謝各位的支持。我現在正在夢想要是動畫化能促進銷量，說不定還能出第六集？

動畫化的過程中，似乎也有些工作需要原作者來做，並不能直接說：「就麻煩各位幫我決定嘍～」而且當時我還得忙跟本書同時發售的另一部新作品（新作品那邊也請各位有機會多捧捧場了）……呃唔。

真的是會忙到忍不住發出怪聲。

不過，這次初體驗也成了很特別的回憶。工作人員會詢問我美術設定有沒有問題，或有什麼意見；也會讓我聽聽配音員錄音的範本，決定誰的聲音比較適合角色。順帶一提，我對配音員這個領域不是很了解，所以都是交給製作團隊來決定有哪些可能適合的人選。我相信最後選上的配音員一定都很符合每個角色的形象。

除了做這些確認以外，我也需要每星期讀一遍劇本。

漫畫版我只需要開開心心地看完草稿，再說句「不錯喔！」（不對，有時候還是會請漫畫版作者稍微修正）就夠了，動畫版似乎會比較需要頻繁確認，所以我每一集都是從討論劇情大綱就開始參與。

不過，其實基本上也就只是表達一下自己意見的簡單工作啦。

在這裡也要向每一位在整理完各方意見以後迅速寫出劇本的編劇說聲辛苦了！也由衷感謝各位願意仔細看過我寫的原作。

另外，最近流行的傳染病雖然造成許多生活上的不便，卻也讓線上開會變得很普遍，可說是不幸中的大幸。不然像我住得比較偏遠，就會很難出席每一次會議。

只是我的電腦沒有裝攝影機，還是會對參與會議的大家有點過意不去。

所以我每次都只能「SOUND ONLY」。可惡，如果我的畫面上可以顯示一塊大石頭，至少還會感覺有點氣派——嗯，那樣其實有畫面跟沒有一樣。

其他還需要寫些宣傳用的短篇小說。

而第一波宣傳短篇小說，是刊載在跟本集發售時間很接近的《Dragon Magazine》上。內容是應該不會再有續集的平行時空校園故事，各位讀者有興趣不妨可以看看。其實我不知道會不會有第二波宣傳，但我還是會先努力想好下次要用的題材。因為我同時處理太多份工作不會變成「危機就是轉機！」，只會是「危機變成大危機！」。嗯。

這次後記有四頁，既然還有多的篇幅，就來聊些小祕辛（？）吧。

看過網頁版的讀者應該都知道我原本把艾莉絲設定成金髮，書籍版則是變成了深藍色。

原因是出自當時的責編告訴我的一句話。

責編說：「每個角色的髮色有些明顯差異會比較好喔！哪天要動畫化了，畫面配色也比較好看！」

我回答：「是嗎？那就改別的髮色吧！」的時候，心裡其實在想：「如果真的有機會做成動畫是很棒啦，可是……不太可能吧？」……所以我完全沒料到當初改髮色是真的有意義。實在太驚天動地了。

——不對，其實光是書籍版的彩色插畫，就看得出改髮色的效果了。

謝謝ふーみ大人總是替本作提供美美的彩色插畫。

我在這邊也要特別感謝總是全心全意為本作付出的編輯部、校稿人員跟印刷廠等出版相關人員，以及許許多多參與動畫製作的各方人士。幸虧有各位的大力協助，我筆下的故事才能順利呈現在讀者與觀眾的面前。藉此機會再次向大家表達感謝。

動畫版應該還會再持續製作一段時間，也要請製作團隊再多多指教了。

最後，我要感謝購閱本書的每一位讀者，謝謝大家總是這麼捧場。

現在距離動畫播出還有一段時間。我相信製作團隊一定能做出一部好動畫，希望到時候各位讀者們也願意撥空收看，我將不勝感激。

いつきみずほ

Special Short Story

Let's Visit the Lotze!

［特別加筆短篇］

前往洛采家！

村子裡的積雪融化，天氣也漸漸不再那麼寒冷的時期，我、艾莉絲小姐跟凱特小姐都在為前往洛采家的行前準備忙得不可開交。

這趟行程的目的之一是過去幫他們開墾。

因為這次幫助馬迪森他們移民，讓洛采家必須多承受大量負擔。

我不確定原因該算是出在我身上，還是洛采家人手不足，總之，我提議可以去幫忙他們開墾農耕地，多少減輕他們的負擔。

反正也幸好他們可以開墾的土地多到用不完。

雖然凱特小姐也很努力在開墾，可是她說自己開墾出來的地沒有像我的藥草田那麼好，應該是因為魔力量比我少很多。

第二個目的是跟艾莉絲小姐和凱特小姐的家人打聲招呼。

我想趁這次機會順便見見艾莉絲小姐的母親、凱特小姐的父親，還有一直被艾莉絲小姐強調超級可愛的兩位妹妹。

我覺得她這樣誇家人好像有點太誇張了，可是聽她誇成這樣，也難免會好奇吧？

而且看艾莉絲小姐的長相，她的妹妹一定也很可愛。

——前提是沒有發生長得比較像厄德巴特先生的悲劇。
問題是我這次出門會有好幾天不在店裡，不過，我也找到了解決辦法——不如說，就是有找到解決辦法，我們才會計劃這趟行程。
而那個解決辦法就是——
「那，瑪里絲小姐，這幾天要麻煩妳留在這裡幫忙了。」
「沒問題，妳就儘管放一百二十個心吧！」
沒錯，我跟雷奧諾拉小姐借了瑪里絲小姐來幫忙。
「——蘿蕾雅，妳這陣子都是代理店長，這間店就交給妳了！」
雖然瑪里絲小姐用很燦爛的笑容保證不會有問題……但我可不敢說放心就放心。
畢竟我只是請瑪里絲小姐來幫蘿蕾雅分擔工作，我真正信任的還是蘿蕾雅。
兩人似乎都不太懂我為什麼這麼說。蘿蕾雅看起來有點困惑，瑪里絲小姐則是顯得很意外。
「我……我來當代理店長嗎？」
「哎呀？不是應該交給我這個有執照的鍊金術師來當代理店長嗎？」
「是啊！如果瑪里絲小姐沒搞垮自己的店，我就會放心交給妳了！」
瑪里絲小姐的鍊金術知識比蘿蕾雅更豐富，只是理財方面就是蘿蕾雅占上風了。
我直截了當地指出自己不敢太信任瑪里絲小姐的原因，而她似乎也對這點有自覺，眼神開始游移了起來。

我無奈地嘆了口氣，接著說：

「妳可以用這陣子收購到的材料，也可以用我的工坊，但麻煩妳不要動到我放在倉庫裡面的材料喔。倉庫裡面有些材料價格不菲，妳如果有機會看到，應該也能一眼看出來有多珍貴。」

「價格不菲的鍊金材料……我好想親眼看看喔！」

話才剛說完，瑪里絲小姐就露出很期待的眼神。我真的擔心得不得了。

「……蘿蕾雅，萬一妳一個人阻止不了她，要記得叫核桃幫忙喔。」

「那樣會出人命啊！說真的，妳也用不著這麼擔心，我不會在別人的店裡亂來。」

「我是很想相信妳不會亂來，可是……」

假如瑪里絲小姐只是當初倒楣被黑心商人騙了，我還願意相信她。可是她後來又開店開到連雷奧諾拉小姐都看不下去，把她帶回自己店裡照顧。

這要我怎麼相信她？我真的能指望她可以忍住不在我店裡亂來嗎？

「可是，店長閣下，瑪里絲也是能夠當上鍊金術師的菁英。應該不至於食言吧？」

「……的確，應該是可以相信她不會亂來。反正還有最後防線（蘿蕾雅和核桃）守著。」

「太！過！分！了！結果妳還是不信任我嘛……」

妳就放棄掙扎吧。妳的經歷真的讓人很難認為妳夠可靠。

正當我面露苦笑地看著瑪里絲小姐時，凱特小姐說：

「店長小姐，我們該出發了。」

「也是。那我們出門了。」

「慢走！路上小心喔。」

「我會幫妳顧好這間店的～」

目送我們離開的蘿蕾雅聲音強而有力；瑪里絲小姐的語氣則是很柔和又悠哉。

而我們就這麼在一大早的清爽空氣中，離開了約克村。

「店長閣下，我們有兩條路可以去洛采家領地……妳想走哪一條？」

艾莉絲小姐在離開村子不久之後，提出這個問題。

「兩條路……這附近有其他路嗎？不是只有先到南斯托拉格，再南下過去的路嗎？」

「一般的確會走那條路，可是也有一條幾乎是抄直線過去的山路。走那條道路的話，我們只需要在半路上過夜一天就能到了……」

「咦？這麼近嗎？」

我們本來計劃的路程需要五天四夜。也一口氣省下太多時間了。

「只是危險度也相對高很多。我們原本要走的路幾乎都是平地，那條路好像幾乎全程都是山路。雖然我也不覺得那條路難得倒店長閣下啦。」

「那我們抄近路吧。我也不想離開店裡太久。」

既然來回可以省下六天時間，那還需要猶豫嗎？

「瑪里絲應該沒有那麼不值得信任吧？」

「不，我其實已經算很信任她了。只是我過一陣子要去王都報稅，到時候又會需要瑪里絲來幫我顧店。」

「妳這麼一說，我才想起來妳提過要報稅。報稅是不管店開在國內的哪個地方，都一定要親自去王都報稅嗎？這樣應該很累吧……」

「基本上都要親自去一趟沒錯。其實也可以把文件跟錢交給可以信任的人幫忙報稅，可是報稅要帶的現金不少，被針對文件內容提問的時候，也只有鍊金術師自己跟在店裡工作的徒弟回答得出來。」

聽說習慣報稅到不容易寫錯文件以後，要交給別人代為報稅也不是什麼問題。不過，這次是我第一次報稅，我打算自己去一趟。反正我也想順便去孤兒院露個臉。

「而且，應該沒多少鍊金術師會在比約克村更偏遠的地方開店。」

因為約克村是這個國家數一數二偏遠的村莊。

單論距離的話，南邊的多蘭德公國國境附近的城鎮會更遠一點，可是從王都去那邊的路程會比來約克村方便非常多。

「說得也是……如果有鍊金術師在我們村子開店，搞不好會比約克村更偏遠。」

「明明光看人口是我們村子比較多人，卻沒半個鍊金術師要來。不知道有沒有人願意來我們村子裡開店。」

艾莉絲小姐說著就用很意有所指的眼神往我這裡看過來。

「……我不會去妳們村子開店。我也是因為約克村附近有大樹海，才會在那邊開店。」

「我想也是，是我明知故問——喔，就是這裡。這邊要右轉。」

「好——等等，這是道路嗎？連要說它是獸徑都有點勉強耶？」

我們離開連接約克村與南斯托拉格的小條道路，然而艾莉絲小姐走往的方向卻怎麼看都只能看到一大片草叢。即使有人類走過的痕跡，也實在不像可以稱之為「道路」。

「放心吧，這條路是真的有人走過——雖然也只有爸爸跟卡特莉娜走過。」

「他們好像有留下顯眼的標記，應該不會迷路。」

是他們兩個走過的路啊……假如我還沒見過他們，我或許還會覺得很放心，可是現在我心裡反而滿滿的不安。

「……總算到了。」

「……是啊，只過夜一天就到了。」

「……那真的可以說是『道路』嗎？真的幸好有店長小姐陪我們走這趟。」

途中到處都有留下洛采家獨有的標記，所以我們並沒有迷路。

——不對，正確來說是沒有迷失方向。

因為這根本就不是道路嘛！

這一路上有很多危險到一般人很可能會喪命的地方。我利用魔法強行清出能走的路，就這麼走了兩天一夜。雖然很省時又很近，可是走起來實在太累了。

「反正這一趟把那條捷徑清出一點能走的路了，回程應該會比較輕鬆……厄德巴特先生他們到底是什麼時候開拓出這條路的？應該不可能是一次開拓出來的吧？」

這條路確實不好走，卻同時也有完善考量到約克村跟洛采家領地的位置跟方向，如果不考慮途中要消耗多少勞力，這條省時的捷徑或許可說是幾近完美。

「不知道。不過，他們大概有特地調查過要怎麼走，才可以輕鬆來回約克村吧。」

「我們走這條路的確省了不少時間……可是剛走完累得要命，實在不是很想發自真心感謝他們。這條路未免也太難走了……根本沒多少地方可以踩。」

凱特小姐累得嘆了口氣，隨後又振作起來，抬頭說：

「算了！反正繼續待在這裡發呆也沒意義，我們回宅邸吧。」

「嗯。說宅邸是有點太誇張了，畢竟也就只是間小房子而已。」

艾莉絲小姐這句話絕非出自謙虛。

我們穿過農田之後看見的那座宅邸，乍看跟一般民宅沒有兩樣。

周遭民宅都是一層建築，兩層建築的宅邸的確相對較大，然而它實際的大小不到我的店的三倍，比我認知當中的貴族宅邸小太多了。

其實這樣的大小已經夠適合人居住了，可是考量到領地內的所有事務都得在這棟宅邸裡處理，還是會稍嫌太小。只有宅邸周遭用圍欄圍起來的土地面積比得上一般貴族宅邸，卻也反而更襯托出宅邸的小。

「……怎麼說，感覺妳們的宅邸看起來很有人情味呢。」

艾莉絲小姐一聽到我努力擠出的這句讚美，苦笑著搖搖頭說：

「店長閣下，妳用不著說客套話。就像妳看到的，我們的宅邸在村子裡算是比較不簡陋的房子，可是也只是棟老舊的木造房屋。但平常還是會定期保養，妳不用擔心一下雨就會漏水。」

艾莉絲小姐說著我不確定是不是真的不需要擔心的一番話，對我招手。

「來，請進。我們沒有事先聯絡大家，不然我們本來應該請全村人來迎接店長閣下的，畢竟妳是拯救我們家族的救世主。還請妳見諒。」

「呃，反正我也沒有想體驗被盛大歡迎的感覺。」

要是真的一堆人來歡迎我，我也會不知道該做何反應。而且一般要跟遠方的人聯絡，必須花上龐大的時間與成本。我能常常聯絡師父和雷奧諾拉小姐才是例外。

所以我也知道沒有一堆人歡迎我到來才是正常的……但出乎我意料的是有兩個小女孩彷彿看準了適當時機打開家門，朝著我們這裡跑來。

其中一個孩子看起來很活潑，外表很像縮小版的艾莉絲小姐，年齡大約十歲左右。

另一個孩子比她年幼，金色的髮絲在陽光下顯得也有點像銀色。她跟穿著褲子的第一個小孩不一樣，是穿著偏長的裙子，看起來有點優雅。

艾莉絲小姐一看到她們就滿臉欣喜，張開雙手。

「莉亞！雷亞！」

——然而，她們兩個卻迅速兵分兩路繞過艾莉絲小姐，直接衝來抱住待在她身後的我。

「哇！」

就算兩個人都比我嬌小，也一樣是兩人份的衝擊。我往後退一步，穩住差點跌倒的身體。我低頭看向她們，她們也剛好笑著抬頭看向我。

「珊樂莎姊，我等妳好久了！」

「珊樂莎姊姊大人，我一直很期待跟妳見面！歡迎妳來拜訪我們家。」

「姊……姊姊……咦？咦？」

孤兒院的小孩子也會用「姊姊」來稱呼我，可是我今天是第一次見到她們。
兩位女孩看著因為被稱呼姊姊而困惑不已的我，好奇詢問：
「妳要跟艾莉絲姊姊大人結婚不是嗎？所以我們應該要叫妳姊姊大人。」
「呃，可是我們還沒決定要結婚……」
「是嗎？咦～我本來還很期待可以多一個很可靠的姊姊耶～」
「我本來也很高興會多一個很聰明，跟艾莉絲姊姊大人和凱特小姐不一樣的姊姊大人……」
其中一個女孩很失望地噘起嘴唇，另一名女孩則是壓低了視線。
我看著面前的兩位女孩時，忽然聽見背後有聲音用悲哀的語氣說著：「原來我們不算聰明啊……」我輕拍自己的胸脯，說：
「雖……雖然還沒決定要結婚，不過妳們還是可以儘管叫我姊姊！沒問題的！」
「「珊樂莎姊（姊大人）！」」
「嘿嘿嘿……」
她們又靠過來抱住我，讓我忍不住露出開心的笑容。
其實我一直很嚮往有個妹妹或弟弟！
可是我父母一直很忙，沒空再生個弟弟或妹妹；而孤兒院那邊的孩子雖然會叫我姊姊，實際上卻比較接近前輩跟後輩的關係。跟真正的姊弟妹還是有點差異。

我抱住她們兩個，心裡很希望自己有這樣的妹妹。

然而，有一個人正一臉不悅地看著我們。

「妳們兩個，都不對親生姊姊說些什麼嗎？」

「咦～可是姊姊前陣子才回來過一次啊。」

「而且珊樂莎姊姊大人對我們家來說是比艾莉絲姊姊大人更重要的貴賓。」

兩人說著這番話時依然沒有放開我，而聽到她們這樣回答的艾莉絲小姐則是差點跪倒在地。

「太……太過分了……姊姊我這麼努力在還債，居然被這樣對待……」

「可是，我們家欠的債是珊樂莎姊幫忙還的吧？」

「我還聽說艾莉絲姊姊大人反而多欠了一大筆債。」

「呃啊！」

句句屬實的反駁使得艾莉絲小姐終於承受不了打擊，跪到了地上。

「妳……妳們兩個也別這麼說嘛。畢竟也是有艾莉絲的努力，才能有緣認識店長小姐。就這方面來說，我們應該要感謝艾莉絲才對。」

凱特小姐一臉傷腦筋地幫忙打圓場，兩個小女孩先是彼此對望，才一起點點頭，說：

「有道理。我也由衷認為單論這件事，的確是艾莉絲姊姊大人的功勞。」

「嗯，這真的是姊姊這輩子最大的成就。」

「是……是嗎？也還好啦！哼哼♪」

聽起來不完全是在讚美的評語，讓艾莉絲小姐瞬間振作了起來。

……呃，妳真的聽她們這樣說就滿意了嗎？

「是珊樂莎姊的結婚對象這一點應該也算值得誇獎？」

「是啊。如果我或莉亞姊姊大人是男的就好了……不對，既然艾莉絲姊姊大人可以是結婚對象，那我跟莉亞姊姊大人應該也可以……而且說不定年齡上比較有優勢？」

「等……等一下！妳們兩個別剝奪我的存在意義啊！而且店長閣下也喜歡我多過今天才第一次見面的她們吧？對吧？」

「是啊。尤其妳也還沒跟我介紹她們是誰……」

「啊，說得也是。我之前也跟店長閣下提過幾次，現在抱在妳右邊的是次女維絲提莉亞，黏在妳左邊的是么女嘉德雷亞。」

艾莉絲的兩個妹妹在她這麼介紹過後往後退了幾步，低頭向我敬禮。

「我叫維絲提莉亞。再請妳多多指教了，珊樂莎姊！妳可以直接叫我莉亞喔。」

「我是嘉德雷亞。珊樂莎姊姊大人，請妳也直接稱呼我為雷亞吧。謝謝妳之前慷慨幫助艾莉絲姊姊大人跟我們整個家族。今後也要麻煩妳多多指教了。」

「嗯，彼此彼此。」

就某方面來說比艾莉絲小姐更豪放的是維絲提莉亞；年紀最小，卻顯得比兩個姊姊還要成熟的是嘉德雷亞。

「對了，莉亞姊姊大人。艾莉絲姊姊大人剛才還是叫她『店長閣下』呢。我們說不定還有機會喔。」

「嗯，說不定喔。而且等我們跟珊樂莎姊結婚，洛采家的領地也是我們的了吧？」

「妳……妳們先等一下。我其實沒有很堅持一定要繼承人的位子……啊，不對，要跟店長閣下結婚的話……唔唔。妳們很想要繼承我們家的領地嗎？」

「──沒有啊。」」

「咦？」

「──哈哈哈哈！（艾莉絲）姊姊（大人），我們只是在開玩笑的！」」

「喂！」

哈哈大笑的兩人跟追上去的艾莉絲小姐都跑進了宅邸裡。

凱特小姐一臉傷腦筋地看著她們三個離開，苦笑著對我說：

「對不起，店長小姐。她們三個在一起的時候老是這個樣子……」

「沒關係，我看得出來她們感情很好……這也是件好事。」

「是嗎？謝謝妳。我們這裡的每個領民跟領主彼此都很要好，就是我們最大而且幾乎是唯一的優點了——總之，我們也進去吧。」

我在凱特小姐的催促下跟著走進宅邸，發現裡頭瀰漫著一陣忙碌的氛圍。

「老公！我們要接待貴賓，你要穿最高級的衣服才不會失禮！頭髮也要梳理得整齊點。雷亞、莉亞，妳們知道有客人要來就應該先換好禮服，不要直接跑出去！」

「咦～可是姊姊也沒有穿得很正式啊。」

「那是因為艾莉絲才剛回來啊！她晚點再穿。艾莉絲，妳先去梳洗過再來換禮服。」

「我也要穿禮服嗎……？」

「那當然。莉亞也快點穿好禮服。」

「我們真的可以穿禮服嗎？媽媽平常不是說拿出來穿會弄壞——」

「現在不穿要等到什麼時候才穿！這可是攸關洛采家存亡的大事耶！」

「夫人，您講得太大聲，很可能會被貴賓聽見。」

對，我聽得一清二楚。

這座宅邸本來就不大，而且不曉得是不是連牆壁也很薄，外面可以很清楚聽見裡面的人在說什麼。

不知道該做何反應的我看向凱特小姐，想尋求協助，卻發現連她都煩惱得閉起了眼睛。

「……抱歉，店長小姐。我可以先帶妳去艾莉絲的房間嗎？」

「我是不介意……可是，不用先跟他們打招呼嗎？」
「妳應該也聽得出來現在不太方便。」
聽凱特小姐用有點疲憊的語氣這麼說，我也無法再多說什麼。
凱特小姐帶我來到某間主人不在的房間以後就快步離開，於是我也只能有點不自在地待在房間裡等。不久，有人來到了房間，但來的並不是艾莉絲小姐——是穿著禮服的莉亞跟雷亞。
兩人穿著造型相似，看起來輕飄飄的禮服。莉亞穿的是淡綠色，雷亞的是淡粉紅色，都是相當柔和的色調。她們穿起這套禮服非常好看，而且不只是本來就氣質優雅的雷亞，連個性活潑的莉亞都瞬間變得很有貴族千金的氣質。
「哇，妳們兩個穿這樣好好看！」
「會嗎？好看嗎？其實這是姊姊的舊衣服。」
「莉亞姊姊大人，妳就別提這些沒必要說出口的話了。真要說的話，我的禮服還是艾莉絲姊姊大人傳給妳，再傳給我穿的呢。所以這些禮服也不是特地幫我們量身訂做的……」
「不會啊，很好看喔。而且妳們的禮服也沒有脫線，是平常就有在保養嗎？」
「哈哈哈，只是單純沒拿出來穿而已啦～我們穿過的次數搞不好一隻手就數得完了。」
「莉亞姊姊大人，我就說妳別提這些沒必要說出口的話了……那個，珊樂莎姊姊大人，母親大人他們好像要準備歡迎會，妳願意先陪我們聊聊天嗎？」

「當然可以！那要來聊什麼？」

雷亞跟莉亞想知道艾莉絲小姐在外面經歷的事情，看來她們三姊妹感情真的還滿不錯的。

我覺得她們說來說去還是很喜歡姊姊的樣子很可愛，並接著開始跟她們談談艾莉絲小姐在約克村努力打拚的事蹟，直到凱特小姐來通知我們歡迎會已經準備就緒。

我在凱特小姐的帶領下來到另一個房間，一進來就看見身穿深藍色禮服的艾莉絲小姐。

除了她以外，還有兩位男性跟兩位女性。其中兩人是我曾經見過的厄德巴特先生跟卡特莉娜女士，那麼，另外兩人應該就是艾莉絲小姐的母親跟凱特小姐的父親了。

「珊樂莎閣下，歡迎您大駕光臨。很高興有這個機會宴請我們洛采家領地的救命恩人。」

「我是艾莉絲的母親——迪亞娜。我衷心感謝珊樂莎小姐不只救了艾莉絲的命，還幫助她免於面對一場不情願的婚姻。」

待在厄德巴特先生身旁的迪亞娜女士露出溫柔的笑容，給人相當優雅的印象，跟剛才聽到她和家人講話時完全不一樣。她的身高比我高一點點，但是胸部跟腰部就跟我截然不同，是一位非常有女人味，而且能清楚感受到她散發著母愛的美人。

「珊樂莎小姐，好久不見。謝謝妳總是這麼慷慨地幫助我們。」

「我是凱特的父親——沃爾特。我負責掌管洛采家領地的政務。先前真的非常感謝珊樂莎大人前來解危，我實在不曉得該怎麼做，才能報答您這份恩情。」
凱特小姐的父親就站在卡特莉娜女士身旁，而且長得很帥。
他灰色的頭髮很接近黑色，綠色的眼睛也跟凱特小姐很像。他露出沉穩微笑的那張臉非常端正，一家三口都是俊男美女。以前聽說他掌管政務的時候還擅自以為他應該是個很纖瘦的人，實際上卻鍛鍊得意外結實。
看到四個大人一起低頭對我敬禮，我連忙揮揮手表示：
「不……不會，你們不用放在心上。」
「爸爸，你們這麼大陣仗，反而會讓店長閣下很不自在。我認為還是用輕鬆的方式歡迎她會比較好。」
「……是嗎？既然艾莉絲都這麼說了，那我們就用這桌大餐歡迎珊樂莎閣下吧。雖然稱不上豪華，但仍然是我們的一份心意。」
厄德巴特先生在這麼說完以後就坐，這場餐會就這麼在其他人也接連入座之後正式展開。
桌上的餐點確實稱不上豪華。
不過，每一道料理都看得出其實煮得非常用心，再加上我也知道洛采家的財務狀況，所以我可以很清楚感受到這一桌料理充滿了他們想熱情招待我的心意。
在這個瀰漫溫暖氣氛，而且不需要被迫講究禮儀的空間中用餐，不只讓食物吃起來特別美味，話題也從未間斷。再加上所有人都對我很友善，連不怎麼擅長跟他人交流的我，都能夠在不知不覺間變得可以懷著輕鬆心情跟每一個人對談。

聊到一半，迪亞娜女士像是突然想起了什麼事情，看著艾莉絲小姐說：

「話說，艾莉絲妳一直都是稱呼珊樂莎小姐『店長閣下』嗎？妳們都正式訂婚了，不如就不要這麼見外，直接叫她的名字吧。珊樂莎小姐也是，其實妳不需要特別尊稱艾莉絲『小姐』。」

「呃，其實我也曾經想改過稱呼，只是……」

艾莉絲小姐用眼神詢問我的意見。

這麼一說，我才想起來她有一陣子直呼我的名字。

我當時覺得她好像是想刻意營造我們以後真的會結婚的氛圍，還會有點排斥……但事到如今，也不需要繼續在意這種事了。反正他們也不會逼我一定要跟艾莉絲小姐結婚，再加上跟她結婚的好處也不少。

「……艾莉絲，妳可以直接叫我的名字沒關係。反正我們應該不可能一輩子都是店長跟客人的關係了。」

「這……這樣啊。那，珊樂莎，以後也要麻煩妳多多指教了……講得這麼鄭重，突然覺得好害臊啊！」

凱特小姐看到艾莉絲小姐的靦腆笑容之後，也笑著對我說：

「那，店長小姐，我也可以叫妳珊樂莎嗎？」

「當然。畢竟凱特小姐也比我年長很多。」

「唔。我的確比妳大個五六歲，可是我希望妳不要太在意我的年齡……」

我不經意提到年齡的事情，讓凱特小姐沮喪了起來。卡特莉娜女士接著呵呵笑說：

「哎呀，凱特妳別忘了自己身上流著妖精的血，外表會老化得比一般人類還慢喔。珊樂莎小姐，妳到時候跟艾莉絲大人結婚，就帶凱特一起走吧，不用客氣。妳不妨就順便趁這個機會對她直呼其名吧。」

「不，這不是客不客氣的問題！而且，要我直呼凱特小姐的名字……」

艾莉絲我還有辦法叫出口，可是凱特小姐給人一種大姊姊的印象，會讓我有點不好意思不用尊稱。但是，她們母女倆都用很期待的眼光看著我，我也很難拒絕。

「……凱特？」

「嗯，妳以後就這樣叫我吧，珊樂莎。」

凱特小姐——不對，凱特笑著這麼回答，卡特莉娜女士看起來也很滿意。

大致上非常愉快的歡迎會即將進入尾聲，最後迪亞娜女士對我說：「妳想在這裡待多久都沒關係，把這裡當自己家吧。」

我回了一句「謝謝您的好意」，但我還得忙其他事情，無法太過悠哉。隔天早上，我立刻開始勤奮地處理每一件要事。

例如去幫馬迪森他們開墾農田——

「隊長，你有看到那一大片草地一瞬間就變成農田了嗎？」

「太誇張了——你們要好好感謝我當初直接選擇投降喔。」

「謝謝隊長！」

去跟凱特的弟弟尼爾見面——

「三……三樂撒姊姊？」

「……凱特，妳是不是特地教他這樣說？」

「怎麼可能呢～？」

「可是，哪可能有人叫得出第一次見面的人的名字啊！而且他還這麼小耶！」

「我不清楚耶～？絕對不是我上一次回來的時候想辦法教到他記住喔。」

「三樂撒姊～」

「唔，就算知道是特地教的，還是會覺得好可愛！」

教莉亞跟雷亞魔法——

「珊樂莎姊的教法好好懂喔！」

「畢竟我們這裡的人幾乎都不會魔法，偏偏會用魔法的卡特莉娜女士又很不擅長教人。」

「呵呵呵！因為我曾去學校上課啊！這難不倒我的！」

教莉亞跟雷亞劍術——

「珊樂莎姊姊大人的劍術好著重技巧，跟父親大人完全不一樣。」

「爸爸的劍術很厲害，可是莉亞長得還不夠大，學不起來。不過，珊樂莎姊的劍術搞不好學得起來喔！」

「因為我的力氣不大，身高也不高，才會比較著重在磨練技術。」

跟莉亞去河邊玩——

「珊樂莎姊，來這邊！這條河到了春天就會長出會結紅色果實的草。那種果實酸酸甜甜的，很好吃喔！」

「那種草叫做雅克維提。它只會長在清澈的河水裡，能看到它的時間也不長，是很珍貴的一種植物。而且拿來吃會有助健康，可以吃吃看喔。」

「真不愧是珊樂莎姊！妳好博學多聞喔～」

「也還好啦～」

跟雷亞一起刺繡——

「珊樂莎姊姊大人真的是無所不能呢。我還以為妳應該不太擅長裁縫。」

「因為我是鍊金術師啊。我學了很多技能，只是不一定每一種都稱得上拿手而已。」

「我覺得已經稱得上拿手了……像我們家的人都是看重實用性，不會在意美觀。謝謝妳願意陪我玩刺繡！」

「想找我陪妳玩刺繡的話，隨時都可以來叫我喔！」

——咦？說我幾乎都在跟兩個妹妹玩嗎？

嗯，是啊。可是這也不能怪我啊，誰叫她們這麼可愛！

啊～我本來已經放棄有個弟弟或妹妹了，沒想到竟然能實現這個夢想！我來這一趟真是正確的決定！

——我充分享受待在洛采家領地的生活，而時間終於來到了最後一天。

厄德巴特先生他們又替準備回約克村的我們開了一場送別餐會。
參加這場餐會的成員跟上次一樣，也就是洛采家一家人，以及除了尼爾以外的史塔文一家。
大家都穿著平時珍藏的寶貴禮服，只有我一個人穿著便服，有點小孤單。
「珊樂莎小姐，妳來我們這裡住幾天的感想如何呢？」
「我覺得洛采家很有人情味，跟史塔文一家也情同家人……是個很棒的地方。」
「這也是多虧有珊樂莎小姐幫我們解危。要是當時沒有妳的幫助，我們這片領地或許早就變得截然不同了。而且未來沒有突發狀況的話，也能順利還完欠下的債務。」
「的確。尤其你們在領地經營這方面沒什麼問題。」
我這幾天也不單純都是在玩。
——不對，我是有一半時間都在玩沒錯，可是也有仔細巡過洛采家領地。
我在過程中感受到洛采家經營領地的方式非常腳踏實地。
他們經歷過上次飢荒以後，就決定額外種植雖然價值低，卻能抗乾旱的作物。同時也藉由持續開墾新農田，來維持主要作物的產量。
開墾工程相當辛苦，通常很容易引起領民的不滿，然而這裡的領民卻是主動參與開墾工程。
因為他們知道洛采家曾經不惜自掏腰包幫助領民。
所以除非中途遇到大問題，不然洛采家一定能夠順利藉著領地的收入還完債款。

「那麼，珊樂莎小姐，我想請問妳要不要考慮跟我們變成一家人呢？我不否認自己的確希望吸收優秀的人才進入我們洛采家的家系，但實際面對面跟妳交流過後的現在，我是發自內心希望妳成為我們的家人。」

「…………」

這對已經沒有任何親人的我來說，是非常迷人的提議。

我身邊是有親密到形同家人的人，卻也不是我真正的家人。

雖然應該也有人會認為「名義上是不是一家人並不重要」，可是……

「妳也不需要逼自己一定要對艾莉絲懷抱戀愛情感。妳可以只把她當成朋友，又或是姊妹。畢竟光是那樣，就夠讓艾莉絲得到一段更好的婚姻了。」

迪亞娜女士想必是指「比跟野仕．窩德結婚更好的婚姻」。

嗯，比較對象是他的話，我當然有自信能帶給艾莉絲幸福。

「妳們也不需要勉強自己解決繼承人的問題。到時候可以收雷亞或莉亞的孩子當養子，又或者是妳要直接跟她們兩個結婚把孩子掛在自己名下，也無所謂。」

順帶一提，迪亞娜女士跟我談這些事情時，厄德巴特先生從頭到尾都只有在旁邊出聲附和。

會出現這種情況，就要從我在這裡的這幾天才聽說的事情說起了。掌握洛采家實權的其實是迪亞娜女士，原本擁有爵位的也是她。厄德巴特先生似乎是因為跟迪亞娜女士結婚，才會得到騎士爵的身分。

簡單來說，厄德巴特先生是入贅的。應該跟我是相同立場？

——聽到迪亞娜女士這番讓我震撼不已的發言，當我正心生逃避時，兩個妹妹跟一個多少比較像姊姊的人都在我不知不覺間湊到了身邊，握住我的手。

「珊樂莎姊，求求妳了。莉亞想跟妳當一家人！」

「珊樂莎姊姊大人，妳願意成為我真正的姊姊大人嗎？」

「珊樂莎，我們之前也跟妳說過，有些事情可以透過貴族身分來保命。這是我們洛采家唯一足以報答妳莫大恩情的方法。我不介意這場婚姻只是空有名分。妳願意跟我結婚嗎？」

艾莉絲跟兩個妹妹都一臉正經地直直凝視著我。

我本來還認為她們長相差很多，但這樣看起來就發現其實還是很多相似之處。我就這麼被她們端正的五官跟清澈的漂亮眼瞳震懾得差點說不出話。

「……你們其實可以不用考慮要怎麼報答我……」

家人……我一直很希望未來有一天能跟新的家人一起重拾家庭生活。

只是我不確定自己未來有沒有機會遇見新家人。就算真的有機會，我也無法預先得知對方是什麼樣的人。

相對的，如果我現在就答應跟眼前再熟悉不過的人結婚——

「「求求妳了！姊姊（大人）！」」

——實際上，我等於只有一種選擇。

除了我之外，你不准和別人上演愛情喜劇 1~6（完）

Kadokawa Fantastic Novels

作者：羽場楽人　插畫：イコモチ

兩情相悅的兩人遇到最大危機!?
愛情喜劇迎向波瀾萬丈的完結篇！

經過文化祭上的公開求婚，我與夜華成為公認情侶。我們處於幸福的巔峰，然而情況急轉直下。夜華的雙親回國，提議一家人移居美國？夜華當然大力反對，但針對是否赴美的父女爭執持續不斷……只是高中生的我們，難道要被迫分離嗎？

各 NT$200~270/HK$67~90

國家圖書館出版品預行編目資料

菜鳥鍊金術師開店營業中 . 5, 入冬與貴客臨門 / いつきみずほ作 ; 蒼貓譯 . -- 初版 . -- 臺北市 : 臺灣角川股份有限公司 , 2023.06
面 ; 公分 . -- (Kadokawa fantastic novels)
譯自 : 新米錬金術師の店舗経営 . 5, 冬の到来と賓客
ISBN 978-626-352-621-1(平裝)

861.57　　112005535

Kadokawa
Fantastic
Novels

菜鳥鍊金術師開店營業中 5
入冬與貴客臨門

（原著名：新米錬金術師の店舗経営05 冬の到来と賓客）

2023年6月14日　初版第1刷發行

作　　者：いつきみずほ
插　　畫：ふーみ
譯　　者：蒼貓

發 行 人：岩崎剛人
總 編 輯：蔡佩芬
編　　輯：黎夢萍
美術設計：李思穎
印　　務：李明修（主任）、張加恩（主任）、張凱棋

發 行 所：台灣角川股份有限公司
地　　址：104台北市中山區松江路223號3樓
電　　話：（02）2515-3000
傳　　真：（02）2515-0033
網　　址：www.kadokawa.com.tw
劃撥帳戶：台灣角川股份有限公司
劃撥帳號：19487412
法律顧問：有澤法律事務所
製　　版：巨茂科技印刷有限公司
ＩＳＢＮ：978-626-352-621-1